東西合集

李雪涛 著

Poemata
occidentalia
et
orientalia

华东师范大学出版社

目 录

001 **凡例**
001 **序一:只有诗歌能拯救我们!**
　　　　　/ 顾彬(Wolfgang Kubin)
001 **序二:不枉西风吹客泪:缘世之**
　　　　心的回照 / 夏可君
001 **自序**

001 **莱茵的回想**
027 **海德格尔小木屋**
083 **顾彬**
091 **思想痕迹**
109 **过眼云烟**
137 **传灯与指月**
165 **雅素与世缘**
179 **碎片与杂感**

209 **人名索引**

凡 例

1. 第一次出现的外国人名都会在括号中给出外文原名及生卒年;中文人名一般也会给出生卒年。
2. 索引的古籍一般只列出作者名与书名或篇名。
3. 同一组诗的写作时间如果相同,只注明最后一首的写作年月,不再一一注明。
4. 书后附有"人名索引"。

序一：只有诗歌能拯救我们！

顾　彬（Wolfgang Kubin）

作为人，我们究竟需要什么呢？车子，房子，还是金钱？可能都需要吧。不过，这些东西会让人感觉不安。为了这些，我们不得不疲于奔命，不停地着急。为了这些，我们完全没有办法安静下来。为了这些，我们的人格变得"分裂"：一部分离我们而去，跑到了外面，而另一部分却渴望回去。那究竟要回到哪里去呢？回到我们自己那里去。我们自己是什么呢？是我们的记忆。

因此，李雪涛开始写诗，因为诗的源泉是回顾，是怀古。我们想回到古代去。一段时间，他每天早上来办公室前在家里写古体诗，有时他到了办公室后还会在他第二张书桌前练习书法。他深谙"学而时习之"之道，并享受其中的快乐。德国当代哲学家奥托·博尔诺（Otto Bollnow，1903—1991）认为，我们成为人并非理所当然，只有通过每天的"练习"（exercise），才能成为真正的人。

练习是一种能够保存我们记忆的方式。正是通过练习昨天所学的内容，我们才成为了今天的我们。如果今天不再练习的话，那么我们便没有今天，也不再拥有昨天，更遑论明天。我们练习,因为我们有所怀念,怀念古老的地方——比方说小木屋,跟陶渊明的桃花源一样。诗歌需要栖身之所,小木屋成就了李雪涛的这些诗;没有这些诗歌的话,小木屋也不复存在。因此,世间万物因我们得以呈现,因我们的诗得以呈现。

只有诗歌能拯救我们,也只有诗歌能拯救大地。李雪涛每天早上的写作帮助人类醒来,醒到寻得到其自性来(zu sich selbst erwachen)。这样看来,诗人是一种弥赛亚(Messias,救世者)。为了拯救自己与其他人,诗人需要很多知识。除了忙碌的工作外,雪涛好像每一天无时无刻不在思考过去和当下。因此,诗人的创作也可以说是一种日志,从这个意义上来讲,每一位诗人都是一个 poeta doctus(博学诗人)——古今中外的智慧都掌握在他们的手中,存在于他们心里。

对于诗人来讲,诗歌是一种陪伴,同时也能够作为读者的伴侣。"路漫漫其修远兮",这部诗集给我们提供了不止"一百首"的诗作,希望能伴随着读者认识存在之目的。

2017 年 11 月 15 日星期三中午于青岛

序二：不枉西风吹客泪：
缘世之心的回照

夏可君

一

智者总是试图建立与世界的联系，尤其是深受佛教影响的智者，如果一切都只是因缘和合而生而全无自性，如何在与世界的相遇、形成缘在之际，还有着情愫，有着倾诉，此缘情之在，如何不落入虚幻？这是保持在素雅之中，保持在内心的淡然之中。

当我读到雪涛教授这本厚厚的古雅诗集，我着实有些惊讶，想不到雪涛与世界之间还有这一层隐秘的关联，在他严谨的学术研究背后，还有如此诗意的情怀。漫长的求学经历，尤其是在古老欧洲的游学，反而让他获得了一份雅素的世缘（"雅素与世缘"本就是他诗集中一章的题眼），重获一颗古心，以珍藏自己的记忆，以保守内心的沉静，因此，阅读这些个体漫游的私语，也是分享一颗心的记忆，因为这就是心之书写。

这是一颗什么样的心？这是一颗东西方一起在跳动的心，雪涛的心中携带着两颗心：一颗是一个古老中国文人的古心，他依然相信那个古老的诗意世界可以在孤独的异域生活中给自己以慰藉,尤其是近代寄禅法师八指头陀苦心铸就的诗句,似乎已经化入雪涛的内心,陪伴着他,塑造他的目光,在内心的吟哦中,让孤独酿出陪伴回味的甜蜜;一颗是那些民国年代汉学家们的心,这些来自异国的汉学家,以其外地口音和内心虔诚交织起来的热情与智慧,让雪涛除了以严谨的研究来回应外,还化为内心的对话,所谓"不枉东风吹客泪",形成回照。如此的世缘,乃是"心缘",乃是诗人荷尔德林所深切传达的"切心"(Innigkeit)之感。如此两颗看似错开的心灵,却因为这些旧体诗的韵律而得以和谐。尽管这是处于现代性艰难处境中的对话,但正是此种古雅的心志,让这些诗作有着个体生命自我传记的书写,其内心的咏叹有着心史的痕迹。当诗集命名为《东西合集》,也是再次回照德意志诗人歌德的世界文学之梦,是再次接续西方对于东方的梦想,或反之,东方对于西方的密契,这是"续缘",也是雪涛所言的"去中心化",是世界文明在一个个体内心深沉的互动。

  阅读这些诗作,也让我更好地理解了一个在异域学习多年的学子的心路历程。我与雪涛兄最初结缘于莱茵河畔的波恩,雪涛在波恩高处的古堡生活了五年,我也住在山上的天主教修道院半年。雪涛的诗歌让我再次回到了德国,"石墙绕绿藤,莱茵如带明",依稀之间,绿荫轻抚的水面就在眼前晃动。我们最初相遇是在去听顾彬教授讲座的火车上,一袭风衣的他,以其儒雅的谈吐,似乎烙印在异域温暖澄明的阳光下,给我留下了难忘的印象。后来再次见面时倍感亲切,而他对佛教经典的研究,都让我这个学习哲学的人也有些望而生畏。但没有想到他还写有这么多的古雅诗作,这让我更加惊讶——雪涛有一颗隐秘的老灵魂!

二

《东西合集》,乃是以个体之缘在,在个体的漫游中,以古体诗来整合破碎的现代经验,形成富有张力的对话。就结缘而言,我更愿意集中讨论其中我最为关切的部分,这也是雪涛兄着墨最多的部分,就是他拜访托瑙山海德格尔小木屋的系列诗作。这些作品让我们看到了另一种回照,正好回应海德格尔在《存在与时间》中思考的"此在"(Dasein)在世界中的存在,即学者们也试图翻译为"缘在",只是对于中国人,其中还渗透着一份情愫,一份来自于自然的超脱之逸情,这就是素雅的气质,因为素朴而自然,因为典雅而成韵。如何在不断漫游的游历与游离中,形成一种超然的缘在,这是切合心性踪迹的书写,这是进入隐秘扩展的心域。

策兰在1967年第一次去往托特瑙山,在小木屋的留言本上写道:"一个希望,今天/来自一个思想者/到来着的/语词/那心中的语词。"犹太诗人希望海德格尔能够回应他曾经与纳粹意识形态合谋的迷误,希望他有所表达,甚至有所忏悔,诗人相信语词应该来到了海德格尔的内心,诗人试图召唤这颗心一直没有说出的语词,但海德格尔一直保持着沉默。因此,去往托特瑙山,就是试图唤醒每个到来者自己内心的语词,让沉默发声。对于雪涛,这是进入海德格尔的内心,进入海德格尔被策兰诗歌所召唤的内心,说出他尚未说出而自己必须说出的语词,雪涛以自己的内心来回应这个召唤,这是心缘的扩展,这是心之责任。我自己在弗莱堡大学留学时，也两次拜访过托特瑙山上高处的小木屋，有一次还进入里屋，触摸书架上写有汉字"道"的书籍，也一直在思考海德格尔的后期思想，如何让东西方相遇于一条可能的道路上？通往语言的途中，这本是海德格尔思想的事情，而对于雪涛，这是通往小木屋的"风景"（Landscape），进入内在的"心景"（Mindscape），即便不在现场，内心的风景，乃至于思想的风暴，也一直在自己心中吹拂。

雪涛进入了海德格尔思想世界的心景，进入了海德格尔思想尚未完成的地带：试图接续海德格尔面对东方智慧时的心境。当他去拜访海德格尔的小木屋时，他的目光就如此不同，一方面如此切近海德格尔的内在思想，雪涛一直在准备翻译海德格尔与雅斯贝尔斯的通信集，他更为关注私密的交往与对话，回到海德格尔自身的困境，把自然环境与内心世界融合起来；另一方面，他自己不断回到海德格尔的内心，就是诗人策兰所要求的那可能来到心中的语词，雪涛一直试图代替海德格尔说出这个词，或者说，去往海德格尔小木屋的每一个拜访者，都必须面对策兰的要求与祈祷。因此，进入海德格尔小木屋的周围世界，乃是进入一道隐秘的风景，乃是进入一颗隐秘的心脏。对于雪涛，这是一座心灵的城堡，它可以是"陶庵"（如同张岱的记忆之所），可以是藏身之所，也可以是修禅之室，即便离开很久，小木屋思想的灵晕一直萦绕在雪涛心头，可以是说，小木屋成为了一个"圣所"，融合了雪涛几乎所有的学养与寄托，带着自己孤独漂泊时的泪水；这是一个他自己思想缘在的"虚托邦"，一个多重文化隐秘对话的"心所"，这似乎是庄子所言的植根于无何有之乡，面对现代性的拔根,如何再次扎根于尘世?这是形成一种游离的缘在关系。

在这些假想的对话参与者中,不仅仅有道家,因为海德格尔与老庄有过对话;也有禅宗,雪涛自己对于佛教的持久研究,现在凝聚于这个所在,很多禅意的诗句因而可以信手拈来,尤为贴切;甚至把海德格尔对于希腊回归的召唤和未来的期许,都串联起来。这也是雪涛诗作的基本造句风格,大量使用中国古代的诗句,采取"化典"的方式,但又好似海德格尔所言的 logos 之本意,即采择式的阅读(lesen),小木屋的诗意,在如此的交汇中,宛若采摘起来的花环,把所有的心事,所有的人生感怀,都串联起来。

但最为重要的问题是:那是什么隐秘的力量在推动着雪涛反复回到小木屋进行写作?如此着迷于这场从未发生但又必须发生的对话?如同海德格尔虚构的与日本人的对话,发现了日本美学"粹"或"意气"的秘密与差异性?每一个进入对话的中国学人,也必须给出自己的语词。对于雪涛,这是他发现了一种隐秘的气息,给出了自己东方的审美情韵。那是他的发现——小木屋都被"翠微"之气所萦绕!从黑森林翠绿欲滴的树叶,到翠岩相连的山峰,从翠青与湛然心境的对照,到"满眼翠色伴蛰居",从书斋的翠绿放眼,到翠微的洗眼开心境,从托特瑙木屋所思的希腊,到翠微深处所悟的老庄,从翠竹黄花清净身,最后落实在"青翠养吾性,论述直入微"。点出了性命蒙养的秘密,这是青翠入微的自然色晕,这是海德格尔晚年在思的经验中试图深入沉思的诗人歌德与黑贝尔所言的"自然的自然性",这是中国文人在人世无常中，从自然所领悟到的那种不朽的色泽，这乃是心灵天地微妙感应的色泽。

请允许我完整地引用这首诗："窗外流泉如天籁，山头皓月庭中赏。入山始知林之妙，登峰才识隔下方。托瑙木屋思希腊，翠微深处悟老庄。尘缘世事何足论，留住孤云空自忙。"正是诗歌中反复出现的翠微与青翠，这有着东方含蓄与微光的色调，悄然改变了黑森林的沉黑色调，青翠绕身，秋月照心，以达到东西方文化内在的契合，也超越了西方的主客体二分。雪涛还试图借助自然与心境合一的诗意，帮助海德格尔摆脱曾经与纳粹合谋的愧疚感，因为翠微还可以洗涤"助虐之罪"，这既是黑森林在帮助客旅者凝思，也是东方的诗意记忆在背景中闪烁，形成救赎的辩证图像，也是心灵图景的叠韵。

三

雪涛自己似乎就是停留于小木屋之上的孤云，对于雪涛，人世的缘在，就是保持内心的吟哦，最终抵达"心安皈依处，处处皆吾乡"，并进入一种超然的心境，即他在《有感于"我"与"故乡"》中写出的缘在："世间本无东西方，亦无他乡与故乡。镜中吾像因他在，身在我中两茫茫。"这可以让他在北京大都市的生活中，也能够把自己的办公室命名为"放下精舍"，这也是到来的读者们试图要对照的他内心的目光："妙观大千界，独抚吾一心。"

2017 年 11 月

自序

> 似乎忧愁，却是常常快乐的；
> 似乎贫穷，却是叫许多人富足的；
> 似乎一无所有，却是样样都有的。
> ——哥林多后书 6.10

> 应无所住而生其心。
> ——金刚经·第十品庄严净土分

往事

年轻的时候写过一些现代诗，现在找出来，觉得少不更事，大都不值得再读了，但其中偶尔也有个别有意思的诗句。从 2011 年的某一天，早晨起来，突然有些诗句涌向了我的心头，于是写了几首。后来一发不可收拾，两年中竟然写了三百多首诗。我素来没有写旧体诗的修养和训练，究竟是什么原因开始写旧体诗，也很难说清楚。我以前从来没有想过要写这样的诗，后来读《随园诗话》的时候，读到"诗境最宽，有学士大夫读破万卷书，穷老尽气，而不能得其阃奥者"时，觉得有些事情是偶然的机缘促成的。在这之后，我才开始有意识地读一些旧体诗，这其中既有著名的唐宋清诗，也有近代中国的诗、日本的汉诗，这些都对我有所影响。这里特别值得一提的是清末民初佛教侍僧八指头陀（释敬安，字寄禅，1851—1912）的诗是我经常读的。敬安"曾于阿育王寺烧残二指，并剜臂肉燃灯供佛"而取号"八指头陀"。上中学的时候,母亲和哥哥曾给我讲过敬安的一首《童子》诗:"吾爱童子身,莲花不染尘。骂之惟解笑,打亦不生嗔。对镜心常定,逢人语自新。堪嗟年既长,物欲蔽天真。"当时只是觉得特别新鲜,读起来朗朗上口。后来做了多年的佛教研究之后,再读这首诗,当然是另有一番心境了。他的诗集(《八指头陀诗文集》,岳麓书社,1984)常常是我外出开会、旅行时的唯一旅伴。敬安将对人生的体悟以及对佛教的阐释全都凝聚在了他的诗句之中。因此不论是吟诵山居幽兴,抑或是友朋情谊,或者对那个时代苦难的描述,都使得他的诗呈现出深沉、悲壮、清新的艺术特点来。这些也是我为什么特别喜欢他的诗的缘故。

我的生活很是平静,2004年从德国回国后一直在大学里教书。学问可以在摸索到方法之后,慢慢来做。但写诗好像不是平时积累的必然结果。我常常很久也不想写或根本写不出任何的东西,也有的时候会冒出很多有意思的诗句。陆放翁(1125—1210)说:"文章本天成,妙手偶得之",袁随园(1716—1798)也说:"求诗于书中,得之于书外",我觉得都很有道理。后来开始读一些旧体诗的时候,也在思考自己的创作,这也往往会有所得。

批判意识与诗集的读法

这些诗的内容尽管大都是对古代田园生活或禅境的向往,细想起来实际上也是对当代以资本为前提的生活的否定和批判。

20世纪30年代,霍克海姆(M. Max Horkheimer,

1895—1973)提出批判理论,他认为"批判理论的每一个部分都以对现存秩序的批判为前提,都以沿着理论本身所规定的路线来与现存秩序进行斗争为前提。"①因此,我想我对历史上士大夫隐居生活以及佛教境界的向往,同时也是从另个一方面对当代人生活的反思。

1995年在波恩举办的一次中国当代诗歌的研讨会上,诗人张枣(1962—2010)曾经预言过:"今天中国现代化的进程……预示了写作作为规定一种生活和社会准则活动的神话的终结。"②我觉得张枣这一对当代写作的定位,今天看来依然是非常准确的,天崩地裂式的改变,很多是蕴藏在诗的语言内部的。因此,即便形式是古典式的,但在今天的语境中阅读,其蕴含的内涵跟陶渊明或袁枚的时代显然是不可同日而语的。

实际上,从1911年以后,作为中国文化凝聚力帝国的解体,导致了中国人整体性的丧失,从而彻底改变了传统意义上中国作为一个诗的国度的内在基础。现代性便是在这样的时刻出现的,生命的意义没有了,人变成了流浪者和寻觅者。人失去了传统,并且传统在没有经过有效的转换之前,无法提供任何解决现代问题的方案。我想,这些看似古典的诗,所反映的更多是生命意义的终结,人与神的分离所带来

---

① 霍克海姆:《传统理论与批判理论》,收入曹卫东编《霍克海姆集》,上海:上海远东出版社,1997年,第200页。
② 转引自李雪涛译:《出于现代化痴迷之中的文化交流》,收入马汉茂等编《德国汉学:历史、发展、人物与视角》,郑州:大象出版社,2005年,第639—640页。

的真实的痛苦,换句话说,如今破碎的一切依然包裹在旧体诗的形式之中。如何从这些诗句中读出现代性来,是需要读者有类似的经验的。

因此,我想这些诗有多重的阅读可能性:其一是将其看作这些年来作者的经历,所思所想,亦即作者的心路历程。其二是从当下出发,透过旧体诗的形式、诗句的碎片,去追问生命、空间的意义。

理解的历史性,使得文本意义的多种理解成为了可能,文本从而开始向每一位阅读者开放,并不存在一种以往所认为的作者赋予文本的唯一的"终极意义"。伽达默尔(Hans-Georg Gadamer,1900—2002)对此写道:"文本的意义超越它的作者,这并不是暂时的,而是永远如此的。因此,理解就不只是一种复制的行为,而始终是一种创造性的行为。"[1]文本的真正意义并不存在于文本本身之中,而是存在于不断地被阐释之中。

当代艺术作品的审美已经不再是通过主体(读者或观众)对客体(作品)的审视、分析,得出美与不美的价值判断的方式来进行了,更重要的是读者的参与程度。读者或观众的参与程度,决定了一部作品的成败。汪民安(1969—)认为"对于一个作品而言,它期待着源源不断的新意义的注入。意义越是被不断地繁殖,作品的生命力越是旺盛而饱满。事实上,一个观看者和一个作品遭遇,总是有个独一无二的经

---

[1] 伽达默尔著,洪汉鼎译:《真理与方法——哲学诠释学的基本特征》"第2版序言",上海:上海译文出版社,1999年,第380页。

验浮现。作为一个观察者(我从来没有拿过画笔的经验),我能做的,就是试图抓住这些经验,并将它们表达出来。"①民安在这里谈的尽管是后现代的绘画,但我认为诗作同样可以作如是观。

这里所讲的并非一种阅读指南之类的老套说教,我更愿意将这本诗集看作是读者参与后激活自己生命的方式。因此,读者如何参与以及参与的程度决定着我写作的成败。

张潮(1650—?)的《幽梦影》中有一条说:"有地上之山水,有画上之山水,有梦中之山水,有胸中之山水。地上者,妙在丘壑深邃;画上者,妙在笔墨淋漓;梦中者,妙在景象变幻;胸中者,妙在位置自如。"我想,这些年来所写的诗,是将地上之山水,内化为胸中之山水,再表现为诗中之山水。青原行思(671—740)提出参禅的三重境界:参禅之初,看山是山,看水是水;禅有悟时,看山不是山,看水不是水;禅中彻悟,看山仍然是山,看水仍然是水。我想,将传统与现代撕裂开来看的现代诗,属于第二重境界。如果能从洞察和亲历世事后的感受来看我的这些诗的话,我想是可以看出另外一种内涵来的。

前些日子我曾写过一篇有关波恩老墓地的文章,一个朋友读后对我说,他从中读出了我在那一段喧嚣的日子里的浮躁心态,因此特别向往外在乃至内心的宁静。我想他分析得颇有些道理,尽管我的很多想法是在潜意识中形成的。如何

---

① 汪民安:《形象工厂:如何去看一幅画》,南京:南京大学出版社,2009年,第13页。

去理解一首诗,一百八十年前龚自珍(1792—1841)在他的《己亥杂诗》中已经提出来过。在我们的心目中,作有《归园田居》、《饮酒》等诗的陶渊明(352/365—427)理所当然是中国第一位田园诗人,钟嵘(约468—约518)在《诗品》中称他为"古今隐逸诗人之宗"。然而龚自珍却告诉我们:"陶潜酷似卧龙豪,万古浔阳松菊高。莫信诗人竟平淡,二分梁甫一分骚。"(《己亥杂诗》第一百三十首)龚自珍的意思是,不要相信陶渊明诗中所描写的田园归隐的心境,他并非一个心情淡泊、与世无争之人,而是像出山前的诸葛亮(181—234)和流放中的屈原(前340/339—前278)一样的人,他是在既放不下家国天下,又怀着怀才不遇的满腔悲愤时,写下了这些诗篇。龚自珍以老辣的眼光,透过寄意田园、恬静自然的田园诗表面,真正看到了五柳先生不潇洒的一面。实际上,李白(701—762)也一样,政治抱负不得施展而诉诸山水;白居易(772—846)、苏东坡(1037—1101)也是因为官运不顺而求诸诗文;王维(699/701—761)表面上求诸般若,实际上一直在终南山半官半隐……诗人往往故作旷达语,以掩饰自己汲汲以求的不安内心,只不过借此语求解脱,聊以自慰罢了。这是一般读者所看不到的,但龚自珍却有自己的读法,透过田园式的描写,感受到蕴藏在作者胸中的不平之气。

我一直生活在城市之中,所有的山居经验都是某种意义上的想象。但无论如何,人的思想境界是非常重要的,正如张潮所说的:"胸藏丘壑,城市不异山林;兴寄烟霞,阎浮有如蓬岛。"(《幽梦影》)

由于自己的教育背景,常常表面上在研究某一西方的思想,但归根到底会变成中国式的智慧。最明显的例子是在写海德格尔(Martin Heidegger,1889—1976)的诗中,到后来阐发的是佛教的,特别是禅宗式的表达方式。元遗山(元好问,1190—1257)在《木庵诗集序》中说过:"诗僧之诗,所以自别于诗人者,正以蔬笋气在耳。"这里的"蔬笋气",我想是超然于物之上的浩然之气,这当然与僧人食素有关,更重要的是诗僧们的精神境界,尽管有些山野气,但马上让人想到幽客逸民,这是大部分尘世之人很难达到的。这也是我读禅诗时常常能感觉到的。

形式与内容

之所以用旧体诗的形式来抒发我个人的情感,因为我认为,如果不生搬硬套旧体诗所有的格式要求,又能灵活地"以古人之规矩,开自己之生面"的话,那一定能够出奇制胜,写出好诗来。形式需要熟练掌握,之后才能运用自如,而不成为累赘。郎瑛在《七修类稿》中所言:"熟则精,精则巧,巧则神",是非常有道理的。

闻一多(1899—1946)在民国时期提出的所谓"新格律",我觉得今天依然很有意义。闻一多生活的时代,是一个旧制度已经瓦解,新的制度正在建立的时代。各种各样的文艺思潮和流派此起彼伏,层出不穷。对要取消诗的格律,他指出,没有了 form 和节奏,何来诗?[①] 闻一多认为,格律可以从两

---

① 闻一多:《诗的格律》(1926),收入《闻一多全集》卷三,北京:三联书店,1982 年(依据 1948 年上海开明书店版重印)。第 414 页。

个方面来讲解：一是属于视觉方面的，有节的匀称，有句的整齐；二是属于听觉方面的，有格式，有音尺、有平仄、有韵脚。① 他写道："诗的实力不独包括音乐的美（音节），绘画的美（词藻），并且还有建筑的美（节的匀称和句的均齐）。"②他引用了美国文学批评家、作家布利斯·佩里（Bliss Perry, 1860—1954）教授的话："差不多没有诗人承认他们真正给格律束缚住了。他们乐意戴着脚镣跳舞，并且要带别个人的脚镣。"③

闻一多的这些论断，都是针对当时所谓的新体诗而言的，我认为同样可用于今天如何看待旧体诗的生命力所在。当时大多数的学者都有一种所谓的进步或曰进化的想法，认为老瓶无法装新酒。传统要经过转化才能为我们今天所用，这转化最需要我们的创造性，而绝不意味着仅仅是对形式的摒弃。将一种方法用熟，形式是可以帮助内容，促成音节调和的。但如果形式过于繁复，可能会成为内容的累赘。今天我们再来看这个问题，可能会更加清楚。

古代汉语中的"字"为现代汉语中的"词"，古体诗中比较明显的特点是以字代词，言简意赅。这样，即便是五言或七言，其容量也非常大。近代以来，随着西方社会科学的引入，在中文的语汇中造出了大量的以"二字词"为主的现代新词汇。严复（1854—1921）在 1906 年谈到用古代汉语的词汇谈

---

① 闻一多：《诗的格律》（1926），收入《闻一多全集》卷三，北京：三联书店，1982 年（依据 1948 年上海开明书店版重印）。第 414 页。
② 出处同上，第 415 页。
③ 出处同上，第 411 页。

西方学术时的困境:"今者不佞与诸公谈说科学,而用本国文言,正似制钟表人,而用中国旧之刀锯锤凿,制者之苦,惟个中人方能了然。然只能对付用之,一面修整改良,一面敬谨使用,无他术也。"①这段话也基本上道出了我今天想用古体诗表达当代思想的难处。因此,我就特别关注近代诗人如何将近现代思想纳入他们的诗中,一些传教士写的古体诗,以及中国文人与他们的唱和集我都会特别重视。苏曼殊(1884—1918)就曾将西洋人名入诗:"丹顿裴伦是我师,才如江海命如丝"(《本事诗》)。诗人想要追随但丁(Dante Alighieri, 1265—1321)、拜伦(George Gordon Byron, 1788—1824),但同时感叹自己命运多舛! 同样,艺术的发展需要一方面拓宽取法的对象范围,不再局限在以往的几个传统方面;另一方面也在前贤以及外国哲学家思想和意境的基础之上,参合变化,努力形成自己的特点。后来读的诗也渐渐多了起来,发现旧体诗大部分的内容都是与自然相关的,即便是抒发自己的情感,也是借景抒情。

不讲平仄,只讲立意高远,真情实感。有时也不太符合古代诗歌"起承转合"的定式。押韵较宽,可转韵,或邻韵通押;平仄声韵不论;或可不押韵,只要有诗意即可。同一首诗前后也可转韵,常常是兴之所致,信手拈来。苏轼《和子由渑池怀旧》的前四句是我最喜爱的诗句:"人生到处知何似,应似飞鸿踏雪泥。泥上偶然留指爪,鸿飞那复计东西。"这四句

---

① 原载侯官严复演说《政治讲义》,上海:商务印书馆,1906年,第9页。此处转引自《严复集》,北京:中华书局,1986年,第1247页。

一反律诗的常格,将散行相连贯,因此纪昀(1724—1805)认为是用"单行入律,唐人旧格,而意境恣逸,则东坡本色"。(纪批《苏文忠公诗集》卷三)袁枚引用杨成斋(杨万里,1127—1206)的话说:"从来天分低拙之人,好谈格调,而不解风趣。何也?格调是空架子,有腔口易描;风趣专写性灵,非天才不办。"(《随园诗话》卷一)之后更引许浑(约791—约858)的话:"吟诗好似成仙骨,骨里无事莫浪吟。"(出处同上)以表明诗在骨不在格式。

以袁枚为首的性灵派诗人,大力提倡诗歌创作要独抒性灵,其真实性情必然要符合诗人的"自我",而非传统的伦理道德规范,因此从内容到形式上不再受到"诗必盛唐"、"模拟形似"的束缚,从而可以写出自成家数的诗歌来。袁枚认为,"音律风趣,能动人心目者,即为佳诗"(《随园诗话》卷三)。他对一些诗人"动称纲常名教,箴刺褒讥"(《随园诗话》卷十四)极为不满。在创作方式上,袁枚等人也强调诗人不要为以往的格调所限制,要发挥自己的天分,寻求创新,这样才能写出富有真性情的诗作来。沿着这一新的创造道路,一直到清末龚自珍的《己亥杂诗》,都表现出了自由独创、不守家数的清新风格。我认为,其实性灵派是最理解诗歌创作精神的。

古代作诗有着太多的禁忌,如词曲的话不能入诗,小说的话不能入文。我一直认为,今天依然严格遵守格律写出来的诗,读后总觉得语调不够自然,缺乏生气。我想这也是为什么杜甫(712—770)特别强调"别裁伪体亲风雅,转益多师是汝师"(《戏为六绝句》其六)的原因。杜甫认为,创作的"三昧"在于以去伪存真的方式继承传统的同时,要更多地去创造。实际上,早在同治年间,黄遵宪(1848—1905)就提出"诗界革命"的主张,认为诗歌必须以旧风格写新意境、新语句。他提出要破除尊古贱今的观点,主张"我手写我口,古岂能拘牵"(《杂感》)。

此外,楹联和佛偈对我也有一些影响。在诗集中有个别的对联我是直接借用的,有的改了一些字,有的直接拿来,只是给了一个主题。这样,场域改变了,内容和意境也随之改变了。比如我借用云南昆明华亭寺天王殿联:"尘外不相关,几阅桑田几沧海;胸中无所得,半是青松半是云"来咏海德格尔在托特瑙山(Todtnauberg)上的小木屋,根本就是跟佛教寺院不相干的。自然,所有借用的对联和诗句,我都会注明出处。

列奥纳多·达·芬奇(Leonardo da Vinci, 1452—1519)一生中也没有一件完全完成的作品,包括《蒙娜丽萨》在内都没有真正地完成。有的时候我也会想,一句诗,常常比一首诗更有意义。张潮说:"予尝偶得句,亦殊可喜,惜无佳对,遂未成诗。其一为'枯叶带虫飞',其一为'乡月大于城'。姑存之以俟异日。"(《幽梦影》)荆轲(?—前227)的《易水歌》也只有"风萧萧兮易水寒,壮士一去兮不复还"两句,但这首意志坚强、感情深沉、声调激越的悲歌却流传至今。唐代崔信明的"枫落吴江冷"也是古诗中单句流传千古者,所谓"孤句横绝"。崔信明也因为此句而名扬天下,为后世所称赏。南宋时陆游的"才尽已无枫落句",就是说这事。清初崔华(1634—1711)的"丹枫江冷人初去,黄叶声多酒不辞"诗句,

自 序

也是将崔信明的单句化入自己诗句的结果。实际上,艺术作品的意义在于读者的参与。与一首完整的诗作比较起来,这样的一句诗可能更有意义。

波恩的日子

2004年4月的晚上,我在哥德斯堡屋后的花园中,常常感到春来见月多思归(雍陶《和孙明府怀旧山》有"秋来见月多思归"之句)的惆怅。5月我便回到了阔别多年的北京。

说实在的,尽管在波恩(Bonn)仅仅生活过五年,但这五年却在我的生命中留下了深深的烙印。读到王安石(1021—1086)《题西太一宫壁》其一中的"三十六陂春水,白头想见江南"时,我想到的并非是白发苍苍的王安石,而是看到了汴京附近的池塘,便忆起了江南。我常常在北京,看到这里的一草一木,会无端地想起波恩的景物。

从1994年开始,我曾在马堡(Marburg)、杜塞尔多夫(Düsseldorf)以及波恩住过,在波恩的哥德斯堡(Bad Godesberg)住得最久,在这里我读完了硕士和博士。我所住的房子是1907年建的青年艺术风格(Jugendstil)的建筑,当时我住在二层,窗外是一个小花园,花园中除了原有的巴洛克式的雕塑外,也有我从巴西带回来的一个睡袋。夏天的时候,我有时也会躺在睡袋里看书。花园的铁栅栏外是哥德斯堡小溪(Godesberger Bach),日间听不到什么,但夜间还是可以听到潺潺的流水声。住处离莱茵河也就是10分钟步行的时间,因此这一段的莱茵河也就成为了我散步的好去处。另外一个方向是始建于1210年的哥德斯城堡(Godesburg),

不到 10 分钟就可以上到城堡的脚下。

在波恩的日子无疑是与异域的相遇,是一种他者的眼光与陌生现实的相遇。这些日子之所以重要,首先在于他超越了本土的视野,用另外一种眼光来看待世界。其次,对于我来讲,同样的学科产生了完全不同的意义,因为欧洲有着跟大陆中国完全不同的脉络。在波恩的日子是一种时空转移过程,时间的维度常常会让我进入一种未来的场景,上世纪 90 年代北京的记忆与欧洲的当时时间及其所预感到的未来交织在一起。而空间的转移不但有地理形态的骤变,更有人文环境的巨大差异。实际上,从一种空间向另外一种空间的延伸,让我的视野真正得以拓展。而这些想法,都会或多或少地反映在我写了一系列与波恩、莱茵河相关的诗中。

海德格尔的小木屋

从数量上来看,诗集中最多的好像是歌咏海德格尔小木屋的,小木屋实际上只不过是个由头或曰契机而已。的确,在我没有到过小木屋之前,那里是我向往的地方;当我亲临那个地方,并在那里停留、散步的时候,我将读过的海德格尔所有的文章以及他的思想片段跟这里的一草一木都关联了起来。

德文的 Hütte(小屋、茅舍)我译作"小木屋",当时我的朋友聂黎曦(Michael Nerlich, 1949—)在校阅《海德格尔与雅斯贝尔斯往复书简(1920—1963 年)》的时候提出过异议,[①]说

[①] 比默尔、萨纳尔编,李雪涛译:《海德格尔与雅斯贝尔斯往复书简(1920—1963 年)》,上海:上海人民出版社,2012 年。

海德格尔的房子并不是用木头造的。我到了山上之后,才看到房子是用石头建的,只不过外面挂上了一层松木片(莱茵地区常常也挂上黑色的片岩Schiefer),木片会随着岁月的流逝而变黑的。

黑森林(Schwarzwald)由于一年四季针叶林墨绿色故名。春季进入林中,由于其中点缀着一些阔叶的树木,翠绿欲滴的树叶,偶尔也能看到桃树、樱桃开花时的粉红色,给人以错落有致的层次感,而针叶的松柏却一直给人以莽莽苍苍的感觉。在林中散步,才发现林中路(Holzwege)布满了落叶、枯枝和绿苔,真的很难辨别方向。伦敦大学亚非学院的傅熊教授的德语名字是Bernhard Führer,他曾告诉过我他的姓Führer实际上是Bergführer的缩写,意思是"登山向导"。他的祖先一定熟知奥地利深山老林之中的路途。进入了黑森林中,才知道自己多么无能。

托特瑙山上无疑是最适合思想者进行思考的地方:高高的云松,让人感到天空甚是高远。往下望去,整个村落尽收眼底。海德格尔散步的环形小道(Rundweg)全长6.5公里,因为周边的风景井然有序,散步的时候,给人以逛中国园林的感觉,每走几步就能看到不同的景致。高处会不时飘来片片白云,到胸前变成一团雾气,让人荡气回肠,顿觉灵魂如洗。在这里你真能体验到"静中有无限妙理皆见"(《薛文清公读书录·体验》)的感受,即便是在白天,也让人感到四周一片岑寂的宁静。

《唐诗纪事》(卷八十)中有句曰:"莫与狂花迷眼界,须求真理定心王"。黑森林将尘世的花花绿绿与纯净寂然的世界区别开来,唯有在此才能不为外界所打扰,独立地进行哲学思考。如果是文学家的话,一定会发出"念天地之悠悠,独怆然而泪下"(陈子昂《登幽州台歌》)之感慨。深邃的思想一定不是出于每天疲于奔命的应酬之中的。

前些日子在读法国设计师保罗·安德鲁(Paul Andreu, 1938—)的《房子》,译者董强(1967—)在"译后记"中引用了20世纪法国大诗人苏佩维埃尔(Jules Supervielle, 1884—1960)的诗句:

> 寂静在寻找可以躲避的港湾
> 可一切都让它觉得充满噪音
> 啊!即使是精神焕发的牛奶
> 和那小径尽头的野兔
> 哪怕是远离海洋千万里的
> 无风国度里的树木
> 但也许可以使清澈灵魂深处
> 一间简陋的小屋①

简陋的小屋如果是源自"清澈灵魂深处"的话,那一定会令我们摆脱狭隘的空间,进入横无际涯的世界。托特瑙山及其山上的小木屋给我太多的遐想,而这些很多都跟海德格尔的哲学和思想没有太多关系的。

在读《房子》的时候,我也在准备搬入一套更大的房子里

---

① 保罗·安德鲁著,董强译:《房子》,上海:上海文艺出版社,2010年,第142页。

去。回国8年，我们一家三口一直住在北外西院的一套两居室内。虽说房子就在学校里，省却了每天路上的劳顿，但房子毕竟太局促，加上邻居每天制造出各种各样的噪声，常常让我感到喘不过气来。因此，我大部分时间都在办公室工作。我的老师顾彬（Wolfgang Kubin，1945—　）自从我认识他起，每天他都在不同的地方工作、写作：上午在办公室办公、写作，下午、晚上和第二天早晨他在家中翻译、备课、写诗。这是他特别多产的重要原因，改变内容，改变思维，他也需要空间的改变。我就没有顾彬那么幸运了，办公室几乎成了我从事一切的地方：办公、写作、翻译、会客，有时也会在那里喝上一杯。但我却从未在办公室写过诗，觉得没有那个心境。搬了家之后，我终于可以在家里的书房中写作、翻译了，这样便没有了在办公室中的紧迫感。在这一点上，海德格尔应当来说是幸运和富足的，尽管在托特瑙山上的小木屋极为简陋，但这毕竟是他在弗莱堡住宅之外所拥有的另外一处私密的空间。①

用字与其他方面的尝试

说实在的，我之所以要写诗，在很大程度上是为了练习汉语表达的准确性，炼字的目的是要更精确地表达自己的思想。近年来，除了教书之外，我自己也做一些学问，同时也一直做着翻译的工作。翻译工作除了对原文的理解之外，在很

---

① 海德格尔1928年搬入弗莱堡市郊 Rötebuckweg 的别墅，如果加上半地下一层的话，一共三层。他在这所房子中一直住到1971年。

大程度上是要考验译者的母语表达水平。因此我使用最多的词典并非各种外汉词典,而是《写作语库》、《同义词词林》之类的同义词词典。因此,汉语表达中的炼字炼句对我来讲至关重要。贾岛(779—843)所谓"二句三年得,一吟双泪流"(《自述词》),虽然有些夸张,但这样所得的"二句"一定是人生智慧"千炼成句"的结晶。

顾彬在翻译了张枣的《春秋来信》之后,写了一篇题为《综合的心智》的译后记,其中他谈到了张枣由于同时是一位译者,而在语言方面的精到与执着:

> 在当代中国,写作常常是大而无当,夸张胡来。而张枣却置身到汉语悠长的古典传统中,以简洁作为艺术之本。没有谁比他更一贯更系统地对简明精确的回归。因此他把语言限定到最少:我们既不能期待读到传统意义上的鸿篇巨制,也不会遇到自鸣得意的不受传统语境约制的脱缰的诗流。我们看到的是那被克制的局部,即每个单独的词,不是不可预测的词,而是看上去陌生化了的词,其陌生化效应不是随着文本的递进而消减而是加深。这些初看是随意排列的生词,其隐秘的统一只是对最耐心的读者才显现。读者常看好他大师般的转换手法,声调的凝重逼迫,语气的温柔清晰和在译文中无奈被丢失的文言古趣与现代口语的交相辉映。张枣爱谈及如何使德语的深沉与汉语的明丽与甜美相调和……①

---

① 顾彬:《综合的心智——张枣诗集〈春秋来信〉译后记》,载《作家》1999年第9期。

诗人对文字本身的要求近乎苛刻，特别是作为译者的诗人，就简直是求全了。近代以来汉字词汇所具有的巨大创造力，通过日本学者引进西学过程中使用汉字对近代以来西方词汇译介的尝试，充分地得以彰显。而我认为，所有这一切，只有通过一种陌生化的效果才能转化为我们今天的时代所接受的现代观念。

我自己也做了一些小小的尝试，如在诗中转换叙述者的人称，有时是第一人称，而有时又转到第三人称去了。

我有时在想，诗跟散文、小说最大的区别究竟在什么地方？我在读海德格尔对古希腊诗人以及荷尔德林（Friedrich Hölderlin，1770—1843)诗的阐释时，常常会想，只有这简短的文字，能给这位伟大的思想家以自由发挥和阐释的空间。袁枚说"诗无言外之意，便同嚼蜡"(《随园诗话》卷二)，而这其中的深意，是靠读者自己去想象、思考、阐发的，即所谓"排空融化，自出精神"(《随园诗话》卷十三)。而散文或小说由于其 Kontext 基本上是明确的，并没有太多的阐释空间。

不论是写作还是翻译，我一直遵循着 Simplex veri sigillum(凝练是真理的保障)的准则。《韵语阳秋》引了梅尧臣(1002—1060)的说法："作诗无古今，欲造平淡难。"并认为李白所欣赏的"清水出芙蓉，天然去雕饰"平淡而到天然处，则善矣。说实在话，我是不怎么喜欢用典故的，老学究们常常以"无一字无来历"来夸耀自己的学问。我觉得是没有意义的。但我也反对从不用典，不然就无法从传统继承什么了。诗中的一些典故以及引用别人的诗句，我会尽量说明出处和基本的含义，这样就省得读者到别处去找了，尽管这样做有时会影响读者创造性的理解和阐释。此外,当然也是为了不掠人之美,也包括古人。

南宋的诗论家严羽(主要生活于宋理宗赵昀在位期间,1225—1264)认为写诗忌在直说:"语忌直,意忌浅,脉忌露。"(《沧浪诗话》)他的意思是说,诗意的浅露以及内涵的直接呈现,都是违背诗歌深曲含蕴的艺术境界的。沈德潜(1673—1769)认为,诗应"以语近情遥,含吐不露为主"①。在这部诗集中,尽管我也会交代一些做诗的来龙去脉,但由于我自己有中国佛教、德国哲学的知识背景,更多的是"心精独运,自出新裁"的结果。后来我再读这些诗作的时候,有的时候也吃惊当时为什么用这样的诗句做结尾。当然,如果没有独特新颖的构思,就不可能有深刻隽永的意境。

为什么要发表出来,在写的时候尽管是有所思的时候涌出来的词句,是为我自己来写的。但我并不认为,这些诗句只属于我自己。阿多诺(Theodor Adorno,1903—1969)在《论艺术》中说:"艺术是自我的,又是社会的,这种双重性不断地感应给艺术自主性的领域。"②此外,陶渊明所谓"奇文共欣赏,疑义相与析"讲得也很有道理,尽管这些诗句不是什么奇文,但供大家讨论、批判还是应该的。

诗是写出来的,同时也是改出来的。唐子西(唐庚,

---

① 沈德潜:《说诗晬语》卷上/丁福保辑清诗话本(国学宝典)。卷上,第123条。
② 阿多诺:《论艺术》,收入刘小枫主编《德语诗学文选》(下卷),上海:华东师范大学出版社,2006年,第403页。

1070—1120)云:"诗初成时,未见可訾处,姑置之。明日取读,则瑕疵百出,乃反复改正之。隔数日取阅,疵累又出,由改正之。如此数四,方敢示人。"(《随园诗话》卷三)古人特别强调字句的锤炼:"百炼为字,千炼成句。"这在写诗方面更是如此。古典诗歌的形式是固定的,因而字数也是不变的。因此要做到精炼、鲜明、生动,要做到辞约而内容丰富,语少而余味无穷,必然要反复修改。我遵循着古老的箴言:Nulla dies sine linea(没有一天不写一行的!),在 2011—2012 年间基本上是早晨起床后写诗,写在一个个的小本子上。我家里和办公室中放有很多这样的小本子,只要灵感来了,就会写上一首,有时仅仅是一两句。后来读到苏轼的诗句:"作诗火急追亡逋,清景一失后难摹。"(《腊日游孤山访惠勤惠思二僧》)觉得真是很有道理。之后,再将写好的诗句重新誊到电脑中,其实这个过程也是修改的过程。此外,千锤百炼并不意味着佶屈聱牙,我更愿意追求具有生命力的口语词汇,同时也会将一些现当代哲学词汇纳入诗中。赞宁(919—1001)在评价鸠摩罗什(Kumārajīva,344—413)的译经时说"有天然西域之语趣",也是因为加入了来自西域、印度的新鲜语汇和表达方式的缘故。2012 年 5 月,我去德国两周,路上一直带着近两年来写的这些诗,重读了一遍,也做了一些修改。但总体感觉依然是其中有滞,这不仅表现在文字上,也表现在思想上、意境上。但无论如何从这些诗中可以看出我近年来的所想、所思、所读以及所感兴趣的方面,尽管其中一些不一定有什么诗意。

余话

我们这一代人没有受到过中国古代文化的训练,所有的文史哲知识都是后来补学的。对于西方的学术亦然。在去德国留学之前,我一直认为我有很好的西方学术背景,20世纪80年代的时候,我买了大部分商务印书馆重印的"汉译世界学术名著",囫囵吞枣地读了很多。到了波恩大学之后,才知道自己对西方学术的了解完全是皮毛。我在上比较宗教学的基础课时发现,跟西方本土的同学相比,我的古希腊、罗马的宗教知识基本是零。这些同样是在德国留学时补上的。80年代中叶在北京上大学的时候,我对佛教发生了兴趣,读了很多佛教的经论和一般性的论著。当时还买了刚刚出版不久的《文镜秘府论校注》,①记得对作为日本真言宗的开山祖师弘法大师空海(774—835)有关声韵方面的解释一时完全不知所云。今天想来,如此严格的格律要求,如果没有真的学到家的话,往往会太注重形式了,以辞害意。

以前我在写有关德国汉学家福兰阁(Otto Franke, 1863—1946)的东亚旅行一文时,取名《行万里路、读万卷书》,②在于强调实践对于一个书斋中的学者的重要性。袁枚一定也深有同感,他说:"盖士君子读破万卷,又必须登庙堂,览山川,结交海内名流,然后气局见解,自然阔大;良友琢磨,自然精进。否则,鸟鸣虫吟,沾沾自喜,虽有佳处,而边幅

---

① 弘法大师著,王利器校注:《文镜秘府论校注》,北京:中国社会科学出版社,1983年。
② 李雪涛:《行万里路、读万卷书——汉学家福兰阁的东亚旅行日记》,载《读书》2010年第7—8期。

固已狭矣。"(《随园诗话》卷四)可见,视野和胸怀是通过历练而来的。今天回过头来读八指头陀的诗,当然是另外的一番味道。黑格尔(Friedrich Hegel,1770—1831)把绝对理念比作老人,老人讲的那些宗教真理,虽然小孩也会讲,但在老年人那里却充满着他全部生活所体验到的意义,而在小孩那里却是干巴巴的,并且免不了要把他孤立在整个人生、世界、真理之外。① 可见,人的见解跟他的人生阅历是不可分的。

从西方的角度来看,东方是地平线,因此拉丁语中有 Ex oriente lux 的说法(光来自东方),尽管当时的 orient 是古希腊人和罗马人对小亚细亚和埃及的统称。1819 年德国诗人歌德(Johann Wolfgang von Goethe,1749—1832)出版了他著名的诗集 *West-östlicher Divan*(1827 年出版修订版,书名后来被翻译成《东西合集》),主要是他研究波斯和阿拉伯文学后的心得。近年来我开始关注全球史研究,知道当今世界历史研究的大势是去中心化,强调互动。诗集的名字《东西合集》与阿拉伯世界没有什么关系,但我想阐明东西间互动的思想。

2011、2012 年以及 2015 年,我有时间就写一两句,或一整首诗,真的没有想到积累起来会有这么多,一天天地增加,尽够出版一本诗集的了。本来想完成的学术专著,却没有完成。想来真是"著意栽花花不发,等闲插柳柳成荫"(关汉卿《包待制智斩鲁斋郎》)。今天我又全身心地投入到自己的学

---

① 黑格尔著,裴瑞雪译:《小逻辑》,北京:中国文史出版社,2013年,第 332 页。

术工作中去了,等待着新的灵感的到来,届时也许可以出版第二部诗集。

感谢挺进帮我集了鲁迅(1881—1936)的"东西合集"四个字,我很喜欢鲁迅先生的字体,隽永、含蓄,在近代的文人字中是我最喜爱的。诚如郭沫若(1892—1978)在《鲁迅诗稿》序文中讲到:"鲁迅先生亦无心作书家,所遗手迹,自成风格。融冶篆隶于一炉,听任心腕之交应,朴质而不拘挛,洒脱而有法度。远逾宋唐,直攀魏晋。世人宝之,非因人而贵也。"①感谢我的同事麦克雷(Michele Ferrero)教授给了这本诗集一个拉丁文的书名 Poemata occidentalia et orientalia。感谢华东师范大学出版社的王焰社长,接受了拙诗集的出版。顾彬教授和好友可君欣然为诗集作了序,不胜感荷屏营之至!

李雪涛 2012 年 5 月初稿,北京
2015 年 9 月改订,北京
2017 年 10 月再改订,北京

---

① 郭沫若《〈鲁迅诗稿〉序》,原载 1961 年《上海文学》第 9 期。此处转引自中国社会科学院文学研究所鲁迅研究室编:《1913—1983 鲁迅研究学术论著资料汇编 5》,北京:中国文联出版社,1989 年,第 1185 页。

莱茵的回想

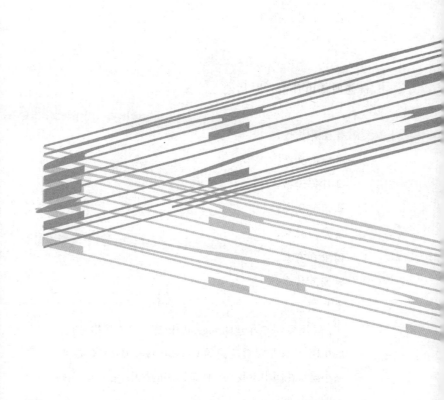

莱茵虽好是他乡

明代学者王恭的《春雁》曰：
莫怪春来便归去，
江南虽好是他乡。
此时我从波恩回到阔别五年的北京，改此二句为：
莫怪春来便归去，
莱茵虽好是他乡。

（2004.04）

哥德斯堡重住留学时居处

昔住哥德堡，
书酒足生涯。
日日苦读书，
豪饮何须夸？
溪声为枕席，
园中自有家。
时闻汽笛声，
更忆莱茵峡。

注：居处系1907年建的Jugendstil（青年艺术风格）的四层小楼，后面是缓缓流淌的Godesberger Bach（哥德斯堡小溪），花园中有我从巴西带回来的吊床，是我夏天读书的好去处。

（2011.02）

莱茵河畔

昔年寄寓莱茵边，
七峰龙岩翠相连。
凭栏一望碧无际，
疑是梦境入人间。
注：Godesberg 附近的莱茵河畔有著名的七峰山（Siebengebirge）和龙岩（Drachenfels）。
(2011.02)

游莱茵

三月回波恩，
共游七峰山。
泛舟莱茵上，
遥望碧龙岩。
水流犹似昔，
相顾鬓已衰。
他日再相聚，
笑容仍未改？
(2011.03)

遥想波恩日

遥想波恩日，
嘘然如隔世。
他乡贫做客，
相伴唯流水。
天高云飞淡，
孤雁渐离远。
静夜溪声里，
怀乡泪两行。
（2011.03）

归国途中书感

三月重游老欧洲，
旧友相逢雪盈头。
沧桑旧事争相述，
曾忆当日忧愁不？
一万米下云似棉，
往事回首惶不安。
平生无限伤心事，
仓惶向隅难释然。
（2011.03）

首丘之思

莱茵曾为客,
池鱼思故乡。
孤身万里外,
怀土两鬓霜。
狐死归首丘,
桑梓安可忘。
悠悠故园路,
天涯人断肠。
注:曹操《却东西门行》中有"狐死归首丘,故乡安可忘"句。
(2011.04)

留德追忆

追忆当初留德日,
未知归期是何年?
梦醒常惊身是客,
望尽天涯思故园。
孤客一身万里外,
他乡对月常挂念。
幸得家书电邮传,
忆来常把旧书观。
(2011.05)

何处是故园

八载西洋思故园,
别样人生为客惯。
桑梓必恭反为客,
吾心安处地自宽。

注:《诗经·小雅·小弁》曰:"维桑与梓,必恭敬止。"桑、梓系家旁边常栽的树木,见之自然生出对父母的思念,因此也要表示出相应的敬意来。桐城诗人方文(1612—1669)有"每到故园翻似客"(《归里》)句,龚贤(1618—1689)则有"自怜为客惯,转觉到家愁"(《晚出燕子矶东下》)语。

(2011.05)

偶记居德怀乡

孤客万里外,
寂寥莱茵上。
落日青山远,
游子怀土长。
欲言与谁和,
琴无知音赏。
亲友远别离,
何日归故乡。

(2011.12)

因作《波恩的两处名胜》想到哥德斯堡山上之古堡

昔居哥德堡，
偶登古城楼。
白云常相伴，
莱茵自西流。
七峰恣意看，
龙岩难解忧。
时闻游轮笛，
借洗游子愁。
（2011.12）

忆莱茵七峰山

晨起，读八指头陀诗集，
又忆起波恩的七峰山。

一

巍岩深壑地，
如在图画里。
莱茵禅机悟，
龙岩争胜奇。

二

当日常游至七峰，
山水清崎自昔称。
何日龙岩山上栖，

一朝打坐自忘生。

（2012.01）

忆莱茵河畔

一

遥忆莱茵河,
蜿蜒流不尽。
浪花翻似雪,
青山碧如云。
信步至河畔,
心闲地偏远。
何时再回还,
来访白鸥群。

二

当年居德京,
登高远望晴。
午后莱茵畔,
傍晚龙岩顶。
远岫敛夕景,
江水映繁星。
水天双月现,
共听天籁声。

（2012.01）

咏莱茵

晨起,忽忆莱茵河,遂得以下五言一首:
巴塞峭壁间,
莱茵流不断。
凌岩关不住,
倾泻至德境。
蜿蜒前行路,
逶迤十二转。
罗莱婀娜姿,
端坐无奈观。
两岸青山绿,
烟波泛江滩。
万点峰峦过,
奔流到海边。

注:在瑞士的巴塞尔,我看到过多次凌岩峭壁间奔流不息的莱茵河。罗蕾莱(德语:Loreley 或 Lorelei)是一座莱茵河中游东岸百余米高的礁石,这里是莱茵河最险的河段,险峻的礁石与湍急的江水曾吞没无数的船只。传说在罗蕾莱山顶上有位绝世无双的美女罗蕾莱,用动人的美妙歌声勾引众多船老大,使船只遇难。诗人海涅(Heinrich Heine,1797—1856)有 1824 年创作的著名叙事诗《罗蕾莱》(德语:Die Loreley)。

(2012.02)

莱茵的回想

忆杜市住处

南区墓边宅,
恍如桃花源。
人寂魂魄在,
藉此了残缘。
薄雾绕舍轩,
鬼魅不惊眠。
面壁整一年,
真如就此现?

注:2007年11月至2008年11月,余在杜塞尔多夫南城Südfriedhof(南区墓地)附近居住一年,常常在墓地中散步,感触良多。

(2012.02)

忆龙岩

龙岩远近第一峰,
莱茵湍流峡谷中。
他日有僧栖崖间,
七峰又添新名胜。

(2012.02)

仿汉古诗作忆波恩

登上哥德堡,
遥望东南隅。
莱茵滚滚流,
江中甘为鱼。
信步连江边,
河鸥如白驹。
浪急惊拍岸,
一生他乡居?

注:1881年当时担任同文馆总教席的美国人丁韪良(W. A. Parsons Martin,1827—1916)曾于北莱茵地区考察,他将"莱茵河"称作"连那江"。清末中国官员出使或游历德国的时候,也有人将其直接称作"连江"。

(2012.02)

次八指头陀《寄怀俞恪士观察江南》第十二首韵,题咏莱茵

莱茵岸边独倚楼,
科城杜市有游舟。
何日同随江鸥去,
鸟瞰小城别样愁。

注:在波恩留学时在莱茵河畔散步,常常有江鸥在自由飞翔。"科城"乃 Koblenz,"杜市"为 Düsseldorf,均为莱茵河畔的城市。

(2012.02)

次梦东禅师《资福寺讲前示众偈十六首》之一韵

莱茵七峰常梦游,
霜华已染鬓丝秋。
江鸥一声空山明,
云自高飞水自流。

(2012.02)

波恩五载

波恩五载尝居留,
贝翁舒曼忆春秋。
龙岩七峰扶地秀,
莱茵湍急接天流。
注:贝翁即音乐家贝多芬(Ludwig van Beethoven, 1770—1827),出生于波恩小城。另一位音乐家舒曼(Robert Schumann, 1810—1856)在波恩去世。
(2012.02)

咏龙岩

古堡回悬霄汉上,
蛟龙似现云水间。
何处真如长相住,
莱茵龙岩自在天。
(2012.03)

追忆留德日

世间寻真谛,
访学至德境。
挑灯夜苦读,
偶醉不愿醒。
江映古堡影,
景色胜丹青。
何日了无事,
闲坐对禅灯。
(2012.04)

追忆北莱茵之七峰山、龙岩

七峰扶地秀,
莱茵接天流。
滚滚流不尽,
龙岩古堡幽。
(2012.04)

忆哥德斯堡旧居

卧看云起枕小溪,
本色居山学夷齐。
一卷释典方读罢,
西风吹客子规啼。

注:欧阳修《青玉案》有"不枉东风吹客泪"之句。波恩旧居的花园中,有我从巴西带回来的吊床,花园后是 Godesberger Bach(哥德斯堡小溪)。房东 Heinz 将临溪的房间称作 Bachzimmer,我一直觉得他是音乐家"巴赫"(Johann Sebastian Bach,1685—1750)的崇拜者,后来才知道是因为屋后的这条小溪而得名。

(2012.04)

遥想5月初回波恩

一

平生爱幽静,

万里回波恩。

小城人杰灵,

远离名利尘。

念彼读书日,

心闲袋中贫。

劳生方暂歇,

又思楚天云。

二

京华无息日,

波恩隐遁栖。

名利何足求,

未若枕小溪。

潜踪隐迹处,

渴饮清泉池。

春雨绵不断,

润心甚是时。

(2012.04)

晨起，追忆在德留学时日

飘然八载德国游，
歌德席勒故园悠。
昼课夜读莱茵畔，
思归波恩常登楼。
追根溯源采六艺，
数易夏春与冬秋。
萤窗万卷何日尽？
万里青山无需愁。

(2012.04)

重游哥德斯堡

古堡居高处，
独处常攀登。
自元经百战，
而今留旧痕。
石墙绕绿藤，
莱茵如带明。
西下落日后，
似有鬼神惊。

注：哥德斯堡（Godesburg）的古堡始建于时当元代的14世纪，在哥德斯山（Godesberg）的一个山坡上，是著名的老墓地，也是我散步的好去处。

(2012.04)

莱茵的回想

重回波恩

重回波恩城,
入住坎策楼。
再走旧时路,
莱茵自南流。
沿江逆水上,
故人在江头?
时闻汽笛声,
令人断肠愁。

注:在波恩时住在总理府对面的 Hotel Kanzler(音译为坎策楼,意思是总理酒店),店中悬挂着前总理科尔(Helmut Kohl,1930—2017)和施密特(Helmut Schmidt,1918—2015)的照片。

(2012.05)

仿杨果《越调·小桃红》戏作

夏日烟水月微茫,
人倚栏杆望,
常记相逢莱茵上。
居一厢,
天际望断空惆怅,
那人却道:明月相似,但愿人久长。

(2012.05)

思念哥德斯堡

吾爱哥德堡，

嵯峨有七峰。

龙岩添胜境，

莱茵流无穷。

登峰览城秀，

江上映苍龙。

何日川边住，

学做晚钓翁。

（2012.07）

波恩

今日回波恩，

实与旧时同。

春风鸟语里，

江水汽鸣中。

龙岩依旧秀，

莱茵别样汹。

他日安心住，

小城养疏慵。

（2012.07）

梦波恩得句

北莱茵旁住，
弹指十年前。
旧识几人在，
江鸭结伴潜。
七峰连江碧，
古堡依云岩。
他日江庐栖，
谁与共醉眠。
（2012.07）

傍晚在龙岩之上鸟瞰莱茵河

龙岩残堡望，
连江如带明。
船只穿梭过，
几点如天星。
岸边点渔火，
江中闪禅灯。
一日挟月去，
何必读仙经。
（2012.07）

忆德国留学岁月

波恩居五载,
徘徊且独行。
未尝他乡菜,
怎惜自家饼?
风雪别国久,
寒映满天星。
莱茵风光好,
慰我宦游情。
(2015.11)

莱茵忆旧

一
五载求学德意志,
偶有余暇登高楼。
抵峰始知莱茵美,
登岩才识波恩秀。
一条银带穿南北,
排云孤鹤海天秋。
今日重访故居处,
痛定何解当日愁。

二
莱茵如画汽笛鸣,

云水茫茫游子情。
几度寒夜谁共语，
常忆儿时小蜻蜓。

（2015.12）

登哥德斯堡远眺（次刘长卿《秋日登吴公台上寺远眺》韵）

古堡零落后，
秋入游子心。
七山人来少，
龙岩隔水深。
夕阳依古木，
舟鸣震山林。
惆怅千年事，
莱茵独至今。

（2016.07）

遥想当年归国有感

往昔日耳曼，
八载一瞬间。
万里初归客，
又见丽山川。
少时喜喧扰，
而今爱静恬。

何须弃人世，
此即桃花源。

（2016.09）

梦莱茵杂感一首

往昔凌云志，
负笈逾八春。
如此三十载，
自契妙明心。
谁怜支遁鹤，
空抚伯牙琴。
何处觅圣迹，
莱茵碧粼粼。

（2016.09）

波恩感怀

负笈多年吾心知，
苦心孤诣谁人识。
故国此去两万里，
萦怀梦绕十二时。
远望当归心郁累，
飘然他乡一游子。
举头常揖莱茵月，

云中正向桑梓移。

（2016.10）

暌违

一

初夏霆雨过，
今日得转晴。
放眼翠青处，
湛然心境明。
波恩将为别，
回首沾衣襟。
此后海山隔，
惟赏一天星。

（2004.04）

二

相识廿年前，
德京草木深。
孤客千里外，
时踱至莱茵。
陟彼哥德堡，
残塔观龙吟。
今来旧游处，
未语泪先浸。
名胜留身影，

一醉佳肴品。
俯仰为陈迹,
凄然泪满襟。

注:既有观世音,为何不能观龙吟呢?南朝江淹《别赋》中曰:"黯然销魂者,唯别而已矣。"

(2017.07)

海德格尔小木屋

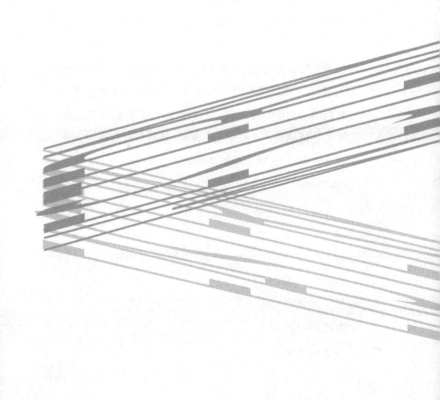

见谛·咏海氏山间小屋

黑森林中一小屋,
海氏半间柴半间。
不随世间风雨去,
恰似智者三昧禅。

注:海德格尔(Martin Heidegger,1889—1976),黑森林中的小屋(Hütte)是他每年集中思考哲学问题和写作的地方。在每年冬季来临之前,他都会用一个星期的时间来进行体力劳动,以准备整个冬季的柴火。这样的体力劳动,也被他看作是哲学思考的一部分。他在给雅贝尔斯的书信中常常提到。此诗所用的意和韵均系志芝庵主的悟道偈:"千峰顶上一间屋,老僧半间云半间。昨夜云随风雨去,到头不似老僧闲。"

(2011.05)

咏海氏

山间一小屋,
轻雾环绕之。
哲思自此出,
学者仰其智。
民社独揽权,
错当好时机。
经世致用梦,

今日得实施。
思想绝非政,
梦醒时分至。
无有所得者,
始名为智慧。
立志归隐去,
学术养身已。
惟有神救赎,
著述余生志。

注:《涅槃经》曰:"无所得者,则名为慧;有所得者,名为无明。"1966年9月23日海德格尔在接受《明镜》(*Spiegel*)采访时的标题为"只还有一个上帝能救渡我们"。
(2011.05)

题海德格尔小木屋

一

山腰小木屋,
心远偏乡村。
智者无一物,
待客自有云。

二

常邀农夫屋中坐,
闲劈松木为过冬。
哲人洞悉指迷津,
常留彭泽此世中。

(2012.01)

晨起,想起海德格尔在黑森林中的小木屋,有感

一

黑森林中人来少,
高高松枝鹤不群。
静听不闻雷霆声,
世间烦恼如浮云。

注:在黑森林中并没有见到中国的仙鹤,但曾看到过Storch(鹳科的一种)以及它们在教堂尖顶上筑的巢。德国的民间经常有Storch送子的传说。

二

一世坎坷木屋住,
参尽我思故我在。
所著文章通造化,
定教智慧人间来。

三

人世纷繁道悠然,
自劈松枝煮茗泉。

莫道人间是非多,
搬柴打水曹溪禅。
四
黑森林中建木屋,
松间冥想契思源。
山深鸟语皆成韵,
清风为伴在峰峦。
(2012.02)

咏海氏

一(次梦东禅师《山居三十首》之一韵)
课罢远离杏坛丛,
归来入住木屋中。
古今千轴读无尽,
活水干柴用不穷。
云净夜寒哲思浓,
林深日暖草蒙茸。
遥思海城雅氏者,
此意何能一信通。
(2012.02)
二
海公归隐黑森林,
木屋夜读半窗明。

海德格尔小木屋

鸟语松涛皆入梦,
林中禅定引天风。
相隔百里念良朋,
举世皆醉我独醒。
荡空今世归希腊,
人间鬼神不再惊。

注：1923年之后,海德格尔与雅斯贝尔斯成为心灵相通的朋友。海德格尔居住在黑森林的小木屋时,雅斯贝尔斯住在海德堡,尽管同属巴登州,但相隔200多公里。每年一次在距黑森林两百公里的海德堡雅斯贝尔斯家中畅谈,成为他们每年盼望的要事。

(2012.03)

海德格尔小木屋有感

海公无一物,
待客有青山。
静邀山月至,
闲剪松云还。
庭中风扫地,
灯下忙释诠。
是非浑短梦,
著述胜无言。

注：海德格尔在小木屋中曾接待过哲学家德里达（Jacques Derrida, 1930—2004）、伽达默尔（Hans-Georg Gadamer, 1900—2002），诗人策兰（Paul Celan, 1920—1970），作家荣格尔（Ernst Jünger, 1895—1998），历史学家里特尔（Gerhard Ritter, 1888—1967），物理学家海森伯格（Werner Karl Heisenberg, 1901—1976），法学家沃尔夫（Erik Wolf, 1902—1977），以及《明镜》周刊的主编奥克施坦因（Rudolf Augstein, 1923—2002）。

（2012.03）

拟访海德格尔小木屋

松林小屋揭妙谛，
清溪皓月智慧心。
今临逸处来参访，
始解哲人自弹琴。
（2012.03）

海德格尔山间小屋联

俯视人间事事，看黑林绿水，以养吾性；
从未远离西南，唤清风为伴，心系雅公。
（2012.03）

遥思山间小屋

林中之路契禅机，
漱石枕流听松涛。
冬夏削迹无客到，
柴门夜永有僧敲。
（2012.03）

读梁·吴均《山中杂诗》遥想当年海德格尔居山间木屋之情景

山际见来烟，
林中窥落日。
鸟向檐上飞，
云从窗里出。

(2012.04)

次八指头陀七绝韵，遥想海氏小屋

梦向小屋访海翁，
砍柴夜读五更钟。
鹅行归来云满袖，
满耳溪声乱入松。

(2012.04)

改权德舆《栖霞寺云居室》，遥想海德格尔在黑森林中的小木屋

一径萦纡至此穷，
海翁读书白云中。
哲思定后更何事？
黑森林外常有风。

(2012.04)

题海德格尔山间小屋

山腰小屋手自装,
放眼四野绿盈窗。
人间闹事真俗物,
沾花一笑何故忙?
(2012.04)

次八指头陀"题刘朴堂观察《白云课耕图》"(1900年)韵,题海德格尔山间小屋

峨峨弗贝峰,
松涛接天流。
中有素心人,
爱此林壑幽。
岂忘尘世间,
所思为人求。
临屋识深意,
四望心悠悠。

注:黑森林中的弗尔德贝格峰(Feldberg)海拔1493米,是德国境内第三高峰。

(2012.04)

拟见海德格尔之子赫尔曼

托山访木屋,人去仍留胜景在。
弗堡见后人,我来共谈海翁事。

注:此次去弗莱堡(弗堡,Freiburg)去见海德格尔之子赫尔曼·海德格尔(Hermann Heidegger, 1920—),也去托特瑙山(Todtnauberg)参观海德格尔所隐居的小屋。

(2012.04)

题海德格尔小木屋

托瑙松涛中寻仙,
青山绿水分外闲。
最爱海翁隐居处,
留得身影在窗间?

(2012.04)

交臂失之

早年识海翁，
不解道与言。
近译往复简，
容貌尽显现。
赫曼近期颐，
好友一线牵。
失脚不可见，
吾心独怅然。

注：上世纪80年代我在北外读书时，已经开始读海德格尔的《存在与时间》（*Sein und Zeit*，1927），只是理解甚少。从2007年开始，我翻译了《海德格尔与雅斯贝尔斯往复书简》，将于近日由上海人民出版社出版。5月1日去德国，经好友法伊特（Veit）介绍，拟于5月2日中午在海德格尔的儿子赫尔曼·海德格尔Stegen的家中拜访他。昨天回到办公室后，忽然接到法伊特的电邮，说赫曼在周四晚上伤足，已经住进了医院。此次虽无法见面，甚是可惜。在这里祝愿老先生早日康复。

（2012.04）

生成

山间小屋凭势造，
家中留客半床云。
黑森寄迹吾何在？
天地为庐比三坟。

注：三皇之书，即伏羲、神农、黄帝之书，谓之"三坟"，言大道也。
（2012.04）

题咏海翁山间小屋

木屋尘不至，
山中风先来。
松间觅林路，
心径为之开。

注：海德格尔有《林中路》(*Holzwege*，Frankfurt a.M. 1950/ 6. Auflage 1980)。雅斯贝尔斯在有海德格尔题词的赠阅本上评论如下："'林中路'的意思是将砍伐的木头运走的路，而不是作为穿行的道路的。林中路并不是森林中的道路。"德文"林中路"作"Holzwege"，正如雅斯贝尔斯所指出的那样，这一词所指的是树林中将砍伐的木头运出去的路，他认为海德格尔所指的应当是"Waldwege"——树林中的道路。实际上，海德格尔在该书的扉页上专门对此作了解释："林[Wald]乃木[Holz]之古名，在林中有路，它们大都在人迹罕至处突然为杂草所阻塞……伐木工和护林工认识这些路，他们知道什么叫做在林中路上。"
（2012.04）

海德格尔小木屋

改八指头陀《登灵峰寺呈啸溪和尚》(1876),题海翁小屋

平生爱海翁,
万里寻此幽。
地僻尘难到,
山深翠欲流。
闲云眠木屋,
函谷倒骑牛。
林静思欲锐,
堪与五千俦。
(2012.04)

雄浑

今至木屋瞻胜处,始信人境有桃园。
注:改孙肇圻无锡广福寺联,咏海氏小木屋。原联为:"香火前因,偶到禅房话桑海;湖山无恙,始知人境有桃源。"
(2012.05)

小木屋

春到黑森林,
如入翠微间。
山上满白云,
林中难见天。
亲临殊胜境,
处处有林泉。
隐居不欲去,
胜作神与仙。

(2012.05)

次八指头陀《秋夜伤月波禅友不寐》(1878)在小木屋前追思海翁

哲人西归久,
山泉尚有踪。
智者乐斯水,
睿智涌无穷。
寂寞寒暑月,
曲径通树丛。
存在与时间,
构思木屋中。

(2012.05)

海德格尔小木屋

利钝根

行尽天涯两鬓丝,
半生浪迹吾心知。
欲学海翁云间住,
再修禅定未为迟。
(2012.05)

有感于哲人参政

用尽哲人言,
无复增毫端。
手无片石力,
何以补苍天。
独怜海德格,
枉费心思钻。
哲思乃吾本,
木屋饮山泉。
(2012.05)

黑森林归来有感

西南旧地游,
犹忆酒醇香。
再见飞来鹤,
为谁送子忙。
春风草又绿,
油菜花开黄。
幸有法伊特,
何处是他乡?

注:1995年10月我曾到过德国西南部黑森林附近的Riedlingen,记得当时坐车直接到了一个小镇子上,参加了那里的一家 Winzergenossenschaft(葡萄农合作社)的品酒会(Weinprobe),品了上好的葡萄酒。好友法伊特的家附近可以看到Storch(送子鹤),在德国传说中,Storch会将孩子送到某一家。

(2012.05)

海德格尔小木屋

次八指头陀"题洪道法师伴云居",题海德格尔小木屋

万籁俱已寂,
惟伴小木屋。
静听山泉流,
夜深为著述。
陋室仅容身,
粗茶心已足。
禅机何处觅,
智者归山居。

注:5月2日晚上在法伊特家的聚会上,遇到已经退休的音乐学教授布德(Elmar Budde,1935—),他说1955—1956年的时候,作为弗莱堡大学音乐系学生的他,常常会上山给海德格尔送酸奶。每次海德格尔都会非常高兴,并且送给布德一些香烟等小礼物。"海德格尔自身对物质方面从来没有什么特别的要求。"他说。
(2012.05)

咏海德格尔之于小木屋著述

安坐陋室思存在,
月光皎洁著述忙。
万籁俱寂明空性,
鹤傍松烟谈老庄。

注：海德格尔认为，以往哲学家错将"存在者"（das Seiende）作为"存在"（das Sein）来思考，他一生的工作都在追问"存在的意义"。

（2012.05）

集联，咏海德格尔

一

山外不相关，几历桑田与沧海。
胸中无所碍，满眼碧绿和云彩。

注：以上乃改江西永修县真如寺联，原作：尘外不相关，几阅桑田几沧海；胸中无所碍，半是青松半是云。

海德格尔小木屋

二

非名山不留仙住,是真佛只说家常。

注:海德格尔后期的哲学一反前期学院派的特点,他讲授的对象也成为了一般的民众,因此很少使用深奥的哲学术语。以上江西九江九华寺联,很恰当地说明了海德格尔的隐居和哲思。

(2012.05)

题海德格尔小木屋

一

泉冽既清,

山间亦静。

微言大义,

卓尔拔群。

二

在世常批经院迂,方外谈是得真谛。

注:"是"乃"Sein"的意译。海德格尔一生都在探究存在("是")的意义,并在与世隔绝的小木屋中写下了旷世之作《存在与时间》(*Sein und Zeit*)。本联源自南通五福寺张謇联:野人占候有先机,方外谈禅得真谛。

(2012.05)

海德格尔在Todtnauberg的小木屋，风景宜人

一

疑是仙境在人世，
分明步入清净中。
一览山下众物小，
愿作乡间一老翁。
(2012.05)

二

松林清风皆佳处，
半点尘埃飞不来。
屋边泉流如天籁，
人间此境赛蓬莱。
(2012.06)

次八指头陀《磨镜台礼大慧禅师塔》(1887)韵，咏海德格尔小木屋

寻幽不惮远，
万里来探寻。
崔崔托瑙山，
郁郁黑森林。
谁谓海翁去，
林木演智音。
道路喻奥义，

著述垂良箴。

我来肃瞻礼,

云生山之阴。

绕屋周数匝,

顿生敬佩心。

境寂神来舍,

虑息理自临。

高山空仰止,

此意终可陈。

(2012.06)

五月二日去黑森林中寻访海德格尔小木屋

山色浓如泼,

桃开别样红。

新翠丛中缀,

此中寻钓翁。

注:黑森林的名称是由于一年四季这里的针叶林色深如泼墨的缘故。五月初的黑森林,正值樱桃花开时节,碧翠的阔叶树木和灌木使得黑森林层次分明。

(2012.06)

题咏海德格尔小木屋

屋中自无万牙签,
如画风光入哲囊。
寒观林中尺深雪,
夏赏飞鹤透书窗。
扫除语言文字障,
静观自然学老庄。
世间万事还记不,
清风明月花自香。
(2012.06)

小木屋

一
托瑙自是无双地,
存在之义一生求。
月在林上万物静,
心无挂碍何以忧。
劈柴饮茶助神思,
散步林中曲通幽。
山间小屋容我静,
坐观人世天际流。

二
木屋五十年,

文字般若现。
见性明心处，
将心与汝安。
松前涌冽泉，
庭中共谈天。
山居品禅寂，
隐处胜桃源。

注：1922—1976 年，海德格尔在小木屋中度过了 54 个年头，尽管每年都是寒暑假在此居住。小木屋的东侧是从山上引来的泉水，南面的小块庭院，是他在夏季接待来访者谈天的好地方。

（2012.06）

五月二日到小木屋作一联：

历经跋涉，托瑙如临世外。
绿山缭绕，木屋宛如松室。

注：登封县初祖庵有联曰：松室夜灯禅影静，莎庭春雨道心空。松室乃菩提达摩坐禅的地方。

（2012.06）

五月二日游黑森林，景色甚佳

浓似泼墨淡似烟，
参差错落远近见。

此处春朝景色好,
冽泉之中观鱼潜。

(2012.06)

法云地

托瑙山中浮清气,林茂泉涌鸟频栖。
万古是非浑短梦,一林风月伴夷齐。

> 注:福建泉州弘一法师墓塔上的联曰:万古是非浑短梦,一句弥陀作大舟。赵朴初的题词为:千古江山留胜迹,一林风月伴高僧。

(2012.06)

咏海德格尔小木屋联

黑林幽深,万顷不改黛山色。
木屋清净,四围爽气常缭绕。

(2012.06)

海德格尔小木屋

孤云

一
不思人间功利名，
但求归隐独自闲。
有缘山色来木屋，
无限风光见鸿篇。

二
世外小屋看浮世，
青山绿水无字书。
林中无限妙理见，
留住孤云乐山居。

三
昼观云山皆佳境，
夜听松涛与泉涌。
煮茗更用窗前水，
客至反觉茶味浓。

注：海德格尔书房窗前就是他每日汲水的地方。
（2012.06）

无我

晨起，想到两联：
青山间无分你我，
木屋前超然主客。

注：无论是海德格尔还是雅斯贝尔斯,都强调要超然于主客体之分裂(Subjekt-Objekt-Spaltung)。

(2012.06)

不动地

身随云影心不动,
心了泉声绝百非。

注：此联系改潮州开元寺联所得,原联为：身随云影留三宿,心了泉声绝百非。吉藏《三论玄义》曰："问牟尼之道,道为真谛,而体绝百非。"且曰："伯阳之道,道曰杳冥,理超四句。"

(2012.06)

海德格尔小木屋

咏海德格尔小木屋二首

一

林中木屋依山建，
树前泉流水潺潺。
何用牙签千万卷，
深思无需观韦编。

二

冽泉清澈照人寰，
松风流水依云岩。
木屋著述忘世事，
存在真意在林间。

注：《史记·孔子世家》言孔子晚年喜读《易》，时常翻阅，乃至韦编三绝。

（2012.06）

咏海德格尔小木屋

一

听松来远客，
愿从智者言。
木屋听妙语，
道心归林泉。

二

山林空净明真谛，

一尘不染证道心。
极目青山尽远眺,
安坐木屋弹瑶琴。

三

山深依旧四季明,
泉涌黑林千嶂雪。
何日林中证空义?
白云松下得正觉。

四

云开曲径一木屋,
哲人幽思好去处。
彳亍山上林中路,
满眼翠色伴蛰居。

(2012.06)

探海德格尔小木屋

一

涉水登山朝胜境,
今日来将木屋观。
闲云野鹤自来去,
常生妙谛山林间。

二

卅年辅佐民社梦,
一朝企望成泡影。

毕竟书生真本色,
木屋枯坐对禅灯。

(2012.06)

小木屋

城中向不适,
林中托瑙归。
只因世缘薄,
山中绝是非。
青翠养吾性,
论述直入微。
微言契真谛,
不与世间违。

(2012.06)

增上缘

又一联

黑林松涛,来人独钟托瑙秀。
泉流山峙,隐者参透般若禅。

(2012.06)

晨起,得二联

一

一片白云伴木寮,
三更孤枕听泉流。
注:后一句取自湖北洪湖万佛寺联:一杵疏钟灵佛寺,三更孤枕听江涛。

二

松鹤夜间老鹤语,
泉流长伴智者眠。
注:湖北公安县谷升寺有龚大器联:松月夜闻华鹤语,垄云长伴老僧眠。

(2012.06)

次八指头陀《题柏公东洲禅室》韵,咏海德格尔小木屋

海翁爱幽寂,
林中置绿窗。
自然沾书润,
著述染草香。
落日归飞鸟,
秋叶覆木房。
何处存在意,

海德格尔小木屋

三径菊花黄。

注：白居易《贫家女》：绿窗贫家女，寂寞二十馀。陶渊明《归去来兮辞》：三径就荒，松菊犹在。

(2012.06)

咏海德格尔

天下后学归海翁，
弟子心传默无声。
惟持一点光明种，
世上何处不传灯？

(2012.06)

海翁之小木屋

海翁心爱静，
冥思入云峰。
建屋托瑙上，
昼夜听黄莺。
屋藏千亩绿，
流泉似弦声。
天籁入撰述，
恬然比高僧。

(2012.06)

次八指头陀《客有问沩山胜者,赋七律二章以答》(1896)之二韵,咏海翁小木屋

翠微幽泉结四邻,
托瑙山中净无尘。
木屋著述无冬夏,
野鹤闲云心主宾。
黑森林下流泉水,
峰回路转定中身。
文字般若遗后进,
坐对青山思无痕。

(2012.06)

海德格尔小木屋

一

久与尘境隔,
门前庭院阔。
群山作屏藩,
坐揽江山错。
曲水泉长流,
白云来又过。
客问方便门,
一字都嫌多。

二

屋远客希至，

松涛我独闻。

托瑙藏幽境，

群山绕孤云。

智者海德格，

独行不与群。

专思古今是，

碧草皆禅心。

注：海德格尔一生所思考的是追问 Sein(是、存在)的意义。

（2012.06）

咏海德格尔小木屋联

九曲终通托瑙翠，

万山遥拜小木屋。

注：福建武夷山寺中有联曰：九曲初通三岛近，万山遥拜一峰尊。

（2012.06）

咏小木屋

一

山高云深赛桃源，

月白风清听冽泉。

黑林孕育一智者，
著述堪比五千言。
登高归来云满袖，
汲水煮茗枕泉眠。
高士幽栖容万物，
无限风光归托山。

二
山高天不远，
放眼心自宽。
徜徉在托瑙，
青山独自还。
此无尘事扰，
但觉松涛喧。
却怜世间客，
存在意茫然。

三
暝烟笼胜境，
樵径来人希。
忽闻犬吠处，
木屋临坡壁。
劈柴期鹤至，
汲水引凤来。
青山有慧眼，
应识谁隐逸。

四
万里来德境，

海德格尔小木屋

黑林多险峰。

海翁坐卧处，

尽在白云中。

山容淡如影，

桃李下无声。

富贵非吾事，

归与白鸥盟。

注：与鸥鸟同住云水乡，指归隐。最后两句乃辛弃疾《水调歌头·壬子三山被召陈瑞仁给事饮饯席上作》中句。

五

驱车入黑林，

一路寻胜迹。

山间飘白云，

泉水自成溪。

仲春山青翠，

峰峦亦称奇。

知到木屋下，

闻声寻黄鹂。

（2012.06）

改字浦上玉堂(1745—1820)《山行》之一，咏海德格尔小木屋

幽涧深林响山泉，

天上木屋如霭烟。

智者独在云中老,
青山引壶赛陶潜。
注:陶渊明《归去来兮辞》
中有"引壶觞以自酌"之句。
(2012.06)

咏海德格尔小木屋

结庐托瑙山坡前,
泉流松风两相闲。
农户不解逅客事,
为思存在住青山。
(2012.06)

海德格尔

一

境适无所求,
吾性本淡然。
心无羡贵意,
托山养清闲。
春光洒幽林,
屋前放眼观。
隔窗何所见,
松果落洌泉。

二

吾寻海公迹,

独往黑森林。

托璐坡前屋,

泉流云松阴。

空斋翠绿中,

风至如诵吟。

将随性所适,

不为武陵琴。

注:晋人戴逵(326—396)善弹琴,武陵王司马晞(316—381)一次召他弹琴,他当着使者的面摔坏了琴,表示不愿意当王门伶人。1934年以后,海德格尔服务现实政治的梦想破碎后,一直生活在他的哲学思考之中。

(2012.06)

真趣·小木屋

一

山居绿为邻,

泉涌月有声。

客至莫嫌陋,

双蟾半窗明。

二

斜月隐山中,

夜静林生风。

木屋寂无人,
溪边坐钓翁。
(2012.06)

环中·想到一联

西南诸峰此独秀,
为有木屋列其中。
(2012.06)

所以迹·小木屋

一

翠微洗眼心境开,
老林新绿迎面来。
万法本闲人自闹,
清风松韵无尘埃。
注:春日驱车入黑森林,至海德格尔小木屋途中作。第三句为八指头陀著名的诗句。
(2012.07)

二

风光远眈全收尽,
六窗观山别洞天。

海德格尔小木屋

无需更入桃源去，
明月近屋归林泉。
(2012.06)

三

托瑙山中松林静，
重峦叠嶂与心闲。
谁解世间存在意，
人在黑林白云间。

四

托瑙凌云俯红尘，
绿色连天漫无垠。
今至枕流漱石处，
愿从海翁息身心。

五

主客分裂误世界，
黑林木屋一老翁。
尘嚣隔绝清凉界，
存在本意伴一生。

注：从笛卡尔（René Descartes，1596—1650）以来，新科学提出了人的意识与外部世界之间存在一种奇特的分裂现象，这就是后来被海德格尔和雅斯贝尔斯所批判的主客体分裂现象。海、雅认为这一心灵与外部世界之间的二元论乃哲学之一大缪，他们主张回到主客体未分裂之前的 das Umgreifende（统摄）或 das Sein（存在）中去。

(2012.07)

黑森林中寻海德格尔小木屋

仲春入黑林,
深处有人家。
寥寥尘境外,
松映读书斋。
海翁宏妙道,
为冬忙劈柴。
平楚放眼阔,
此处景独佳。
(2012.07)

小木屋一联

木屋云深留客住,柴门月满任风敲。
(2012.07)

借联咏托瑙小木屋

尘外不相关,几阅桑田几沧海;
胸中无所得,半是青松半是云。
注:此乃云南昆明华亭寺天王殿联。
(2012.07)

小木屋联

黑林万顷数托瑙,
翠微深处藏木屋。
注:今年 5 月 2 日,法伊特跟我驱车到托特瑙山寻找海德格尔的小木屋。在距海德格尔 6.5 公里的 Rundweg(环形小路)我们来来回回找了很多次,才在山上某处找到了小木屋。

(2012.07)

七律·黑森林访海德格尔小木屋

西南德国黑森林,
驱车入山访哲人。
巍巍群山久矗立,
寥寥木屋暂藏身。
屋前柴火手自劈,
岭旁池水身躬亲。
海翁之道本无得,
人间清凉自弹琴。

(2012.07)

七律·忆今年5月黑森林之行·次八指头陀《寄题莲峰方广寺,并束宝上人》(1900)韵

踏遍黑林翠万重,
此游最忆托瑙峰。
木屋依山坡前造,
白云峰峦荡胸生。
野径斜阳穿林入,
窗前冽泉流无声。
不需更问存在意,
参尽自然道自明。

注:小木屋中,海德格尔的书房前是他引来山泉的地方,是离他书桌前的窗子仅有几米远的地方。

(2012.07)

七律·西南德意志之随想

胜地西南德意志,
人杰地灵黑森林。
奔驰博世保时捷,
汝拉马格上莱茵。
席勒谢林黑格尔,
美酒文哲蒂宾根。

海德格尔小木屋

今又木屋临托瑙,

更增巴符一景新。

注:西南德意志学派是新康德主义的学派,由海德堡大学的文德尔班(Wilhelm Windelband,1848—1915)和李凯尔特(Heinrich Rickert,1863—1936)共同创立。他们强调人文科学与自然科学的界限,认为与自然科学研究的一般规律不同,人文科学研究的是特殊的、个别的事物,并且不仅仅局限于哲学和思想领域,而是将他们的研究扩展到了文化学之中。巴登—符登堡(巴符州,Baden‐Württemberg)地处西南德意志,其地形变化万千,有粗犷的施瓦本汝拉山(die Schwäbische Alb)、平缓的马尔克格莱芙勒兰(das Markgräflerland)以及盛产葡萄酒的上莱茵低平原凯泽施图尔山地(das Bergland des Kaiserstuhls in der Oberrheinischen Tiefebene)。几个品牌和人物德音译名分别为:奔驰(Daimler-Benz)、博世(Bosch)、保时捷(Porsche),席勒(Friedrich Schiller,1759—1805)、谢林(Friedrich Wilhelm Schelling,1775—1854)、黑格尔(G. W. F. Hegel,1770—1831)。

(2012.07)

小木屋

一

傍石依山就坡下,

满眼青翠天地宽。
松涛流水尽禅意，
胜读道德五千言。

注：海德格尔的小木屋依山而建，屋后的墙跟山坡一样高，木屋的后壁是利用坡上的土石构筑的，只建了一个东西向的流水的槽。有点像徐州的依云龙山崖雕凿而成的大石佛，所以当地有"三砖殿覆三丈佛"的说法。木屋前一小片空地可以俯瞰山下全景。我一直以为，海德格尔从自然中得到了远比书本中更多的东西。

二

托瑙山前亲手造，
此屋堪比是陶庵。
一书搅动整世界，
天淡云闲饮林泉。

注："一书"指的是《存在与时间》。

（2012.07）

毗婆舍那·忆木屋

一

此身非吾有，
每忆小木屋。
春日来访客，
夜月有啼鸟。
山高云蓄翠，
林深水映木。
一日于此住，
物我皆相无。

注："毗婆舍那"系 Vipaśyanā 的音译，意译为"止观"之"观"，乃对治烦恼的方便法门。苏轼《临江仙》词有"长恨此身非我有，何时忘却营营"之句，我深有同感，有时也感叹何时能够摆脱奔波劳碌的生活。

二

智者海德格，
哲思天下闻。
壮有辅政志，
长即卧松云。
翠微见天地，
黑林显乾坤。
夜静窗前月，
溪流映禅心。

注：此诗的韵用的是李白的《赠孟浩然》，其中有"白首卧松云"之句。

(2012.07)

有感于海德格尔的智慧箴言

寄居黑林托山遥，

瓦本四十天命了。

休在眼前争尺寸，

百年过后自分晓。

注：1931年12月20日，海德格尔在给雅斯贝尔斯的信中写道："作为半个施瓦本人，我现在也到了不惑之年，这个岁数应当有足够的判断能力去知道自己能做什么，可以做什么，以及不能做什么——"在1936年5月16日，他又写道："大家都知道，施瓦本人只有在四十岁以后才会变得聪明，我还算得上是其中一个吧——刚好能够领会，在哲学中究竟发生了什么。"

(2012.07)

海德格尔小木屋

海德格尔小木屋联

西南有黑林,游人只道好溪山。
智者建木屋,洗却心尘此安禅。
(2012.07)

触境皆如·小木屋

一
四月来德国,
树绿桃花红。
黑林观晚照,
白云看晴空。
人间清气旺,
山中翠更浓。
存在何处觅?
尽在明月中。
二
浮生如白驹,
乌飞兔走骎。
托瑙建木屋,
曲径通来今。
池水观明月,
托迹向山林。
天地为君奏,

松涛胜瑶琴。

（2012.07）

晨起，得咏海德格尔小木屋联

黑林和冽泉，托璞削迹无俗地。
存在与时间，寰宇声震有来人。

注：跟海德格尔相比，可能没有其他任何一位20世纪上半叶的哲学家对世界产生了如此大的影响。后现代很多的想法都源自海德格尔《存在与时间》一书。后期的海德格尔，悠闲的思维步调，是与他在黑森林中的隐居有密切关系的。

（2012.07）

海德格尔小木屋

阿耨多罗三藐三菩提

一

四月重来入黑林，
青山如旧桃花姹。
明月野鹤自来去，
平楚清泉浪淘沙。
一片白云缝旧衲，
半窗明月烹新茶。
欲向自然来问法，
木屋庭院观流霞。

二

窗外流泉如天籁，
山头皓月庭中赏。
入山始知林之妙，
登峰才识隔下方。
托瑙木屋思希腊，
翠微深处悟老庄。
尘缘世事何足论，
留住孤云空自忙。

（2012.07）

一行三昧·小木屋

一

托瑙山中住，
超然任道情。
云连小木屋，
夜至柔禅灯。
入山砍松聒，
屋前劈柴声。
了然清净意，
必不在仙经。

二

山中灵秀气，
助我勤凝思。
树林铸佳构，
冽泉生妙笔。
景色来木屋，
风光入翠微。
胜境出逸品，
枕流亦知时。
(2017.07)

三

吾寻海公迹，
独住黑森林。
托瑙坡前屋，

海德格尔小木屋

松泉显禅心。
政名俱已远,
峰峦郁森森。
所著契天地,
何须林外求?
(2012.08)

昨晚遥想海德格尔小木屋,得二联

一

山中高处绿扶屋,屋前平地小众生。

二

木屋犹存海公影,门前尚有憩息庭。

(2012.08)

即境即佛·小木屋

一

黑森林中隐,
木屋在上方。
举手邀明月,
移步赏松香。
久居心归淡,
苦思志弥强。
弟子来问法,

三径菊花黄。
二
木屋托瑙上，
万籁俱清净。
林中一老者，
泠然以山坪。
冬雪三尺厚，
秋月十分明。
有影且无声，
惟闻松林动。
青翠常绕身，
深夜孤禅灯。
冽泉湛然时，
景色赛丹青。

（2012.08）

海德格尔小木屋

得一联,曰:

饮泉清助虐之罪,赏籁著千古文章。
注:新买了两件家具:一张躺椅和一个酒架,差不多是我心仪已久的物件了,因为没有地方放,就只能放在心上了。刚才我挥汗如雨地用了2个多小时的时间,装好了这两件家具。这又让我想到了在黑森林的小木屋中,每年过冬之前,海德格尔都会劈一个星期的木柴,这对他的身体和哲学思考很有帮助。于是想到以上两句,不甚工整,但意思不坏。
(2012.08)

顺治给浙江天童寺撰写的对联,让我想到了海德格尔的小木屋:

万山拜其下,
孤山卧此中。
(2015.10)

海德格尔小木屋

心甘沉静住深山,
历尽冰霜远纤尘。
最爱海公栖隐处,
半窗风雪半窗云。
(2015.11)

一相三昧

福州白云寺有一副对联:
松际窥人孤嶂月,
山中留客半窗云。
这又让我想到海德格尔在黑森林中的小木屋。想象着哲学家夜间沿着山间小道散步的情景,"窥人"实际上是在松林中发现另外一个自我,特别是在风清月朗之夜。建在半山腰的小木屋很少能够留客,但房中半床云的情景,一定是海德格尔常常见到的情景。

(2016.07)

海德格尔小木屋

顾 彬

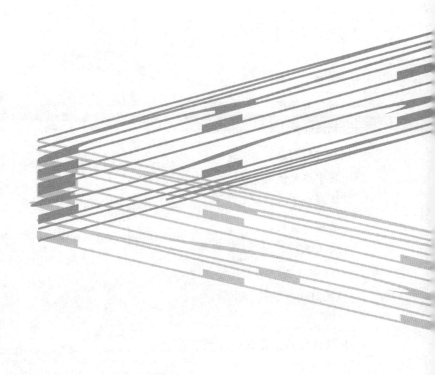

贺顾彬(Wolfgang Kubin)教授荣休

顾彬六五不言耆,
薪尽火传函丈情。
如今勿问人生意,
阅尽中西道自明。
(2011.04)

仲春与顾彬同赴苏州

三月下江南,
同行有顾彬。
把酒动车上,
相对胜朋亲。
途中谁为伴,
寄禅独为邻。
饕餮一壶酒,
回味至如今。
注:八指头陀,法号敬安,字寄禅。
(2011.05)

三月卅日与顾彬在无锡乘舟游古运河

三月无锡好风光,
悠悠运河环城开。

近世工商源两岸,
厂房遗址迎面来。
注:当日在无锡的古运河上,看到古税卡遗址、蚕丝仓库、业勤纱厂旧址等。
(2011.05)

与顾彬等共饮

不见顾教头,
忽已二月余。
昨日燕楼会,
酒醉寻山居。
愿作孤云卧,
尚忆龙岩游。
何日碧江月,
孤云也自愁?
(2012.02)

与顾彬、沈国威骑车同游颐和园

烟花三月日,
骑车游颐园。
昆明边柳岸,
西堤旁桃源。

缕缕轻烟绕，
丝丝风拂面。
相谈心甚欢，
胜读五千言。
（2012.04）

赠顾彬教授

我独知师意，
人皆目汝狂。
著译日常事，
饮酒习老庄。
散步垂杨下，
踢球竞技场。
心安皈依处，
处处皆吾乡。
（2012.05）

改崔道融《寓吟集》赠顾彬

陶集篇篇皆有酒，
顾诗句句不无杯。
醉来已共身安月，
让却诗人作酒魁。
（2012.06）

顾彬七十大寿

一
吾师教法中西传,
四十年来不间断。
忆得堂上尊尊语,
而今犹作醍醐观。
(2015.11)

二
万卷牙签藏小楼,
等身著作自千秋。
半世寻道遇华夏,
合璧西中逍遥游。

三
都辇四年居,
东亚万里行。
风雪生北国,
落叶满京城。
匪面乐不疲,
译诗起五更。
爱此舟车顿,
把酒破空冥。
注:《诗经·大雅·抑》:
"匪面命之,言提其耳。"

顾彬

四

堪笑吾师老更忙,
终日备课做文章。
唐人诗纯宋人滞,
饮酒称殇宗老庄。

五

吾师老益壮,
四载居旧京。
西儒与东亚,
横贯古与今。
大观极天地,
自契妙明心。
聊将平生事,
三乐共苦吟。

注:《孟子·尽心上》曰:"君子有三乐,而王天下不与存焉。父母俱存,兄弟无故,一乐也。仰不愧于天,俯不怍于人,二乐也。得天下英才而教育之,三乐也。"

(2015.12)

圆融三谛

顾彬文章海内雄,
翛然常与诗仙同。
唐后诗界无才子,
宋人文章哲思浓。

何羡李白为吾友,
但凭诗酒养放翁。
一卷早年诗作在,
逍遥嵯峨十二峰。

(2016.08)

次唐人韦应物《淮上喜会梁州故人》韵,赠顾彬

莱茵拜为师,
相逢每醉还。
探赜索隐尽,
居京已六年。
举杯情如旧,
萧疏鬓已斑。
何因不归去,
窗外有西山。

(2016.10)

增上缘·赠顾彬上人

吾师居京六载中,
飘然天下无西东。
身如飞鸿与野鹤,
南国齐鲁来相逢。
博究精微穷玄妙,

润物随风细无声。
一生漂泊千万里,
无暇来做晚钓翁。
(2016.10)

思想痕迹

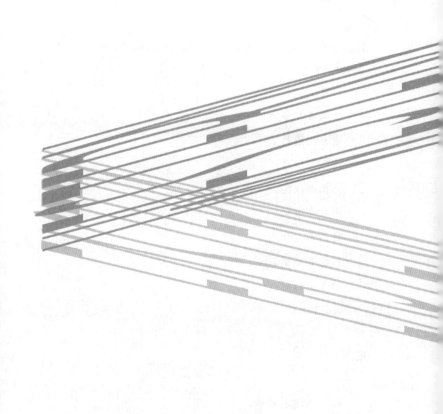

灭尽定·拜雅公墓

寻子陵前叶落秋，
高风化雨润悲愁。
碑碣满目苍丛里，
游子惟拜雅公丘。

（2004.12）

晨起忽忆雅氏(Karl Jaspers)临界(Grenzsituationen)概念，遂成八句

古今成大事，
皆自忧患始。
雅氏言临界，
直指超验义。
文采尚未发，
贾谊不左迁。
砺身如砺剑，
始于出世间。

（2011.04）

壁观

明月不随流水尽，
般若实相无滞境。

借身人间参佛理,
拘厄迁囚道始明。

注:司马迁《报任安书》:"盖西伯(文王)拘而演《周易》,仲尼厄而作《春秋》;屈原放逐,乃赋《离骚》;左丘失明,厥有《国语》;孙子膑脚,《兵法》修列;不韦迁蜀,世传《吕览》;韩非囚秦,《说难》、《孤愤》。《诗》三百篇,大抵圣贤发愤之所为作也。"

(2011.05)

论世

一

昔日之芳草,
今直为萧艾。
古来无定论,
世事不胜悲。

注:屈原《离骚》有"何昔日之芳草兮,今直为此萧艾也"句。

二

天下有奇士，
夷亦生兰芝。
曲高和寡志，
不为时所移。
甘心受寂寞，
恨无知音赏。
人生如过客，
一蓑任平生。
（2011.04）

处事感言

人生纵能活百岁，
直是宇宙一瞬间。
白驹过隙远行客，
心无挂碍长自闲。
（2011.04）

说教

不羡富贵不羡位，
功名利禄何足信？
器识辞章先后序，
读书为学洗己心。

注：吴敬梓《儒林外史》第十六回有"士先器识而后辞章"句。

（2011.04）

感事

昨夜酒醉后，
荒唐不堪言。
深宵倚罗帐，
白昼思轼潜。
人生应何似，
飞鸿雪泥间。
思量明日事，
何必暇日鲜？

注：汉语中形容繁忙的成语有：疲于奔命、走毂奔蹄、鲜兹暇日、心力交瘁等等，我最喜欢"疲于奔命"的说法，让人感到有些无奈，在很多情况下被推着往前走。

（2012.07）

世间/出世间

半世一瞬本劫尘，
而今惟剩一禅心。
世事看尽魍魉舞，
当垆沽酒羡文君。

（2015.11）

不住

今晨北京大雪，感叹世事。

殇盏空世事，
伯牙寻知音。
风声如击缶，
人沸似抚琴。
北风冷秋色，
初雪落梵音。
菩提觉路广，
泥爪映禅心。

（2015.11）

言筌

一

世间自有禅心在,
涅槃圣境纸里寻?
仓颉误人强造字,
本来非妄亦非真。

二

得鱼且忘筌,
得意须忘言。
百年钻故纸,
何日得真诠。

(2011.05)

真空妙有·晨读有感

药剂不食病自损,
良师不亲心自明。
事理既融无他求,
本自具足神亦莹。

注:前两句系集《五灯会元》句。

(2011.05)

Sapere aude!

国博开幕展,
内容曰启蒙。
康德伏尔泰,
诚为时先锋。
有勇运吾智,
走出父权威。
科学与理性,
始疑基督恒。
贵族中产者,
咸皆来响应。
天赋人权说,
风气为一变。
三权要分立,
政治始昌明。
启蒙与专制,
水火不相容。

注:昨日参观国博"启蒙的艺术"展,受益颇多。康德(Immanuel Kant,1724—1804)曾引用古罗马诗人贺拉斯(Quintus Horatius Flaccus,前65—前8)的一句话 Sapere aude!(要勇于认识!)号召人类不再依赖一种父亲式的权威,要走自己的道路。其实,德国启蒙的道路(特别是二十世纪)并非一帆风顺,可惜这在展览中没有表现出来。

(2011.05)

寂知指体·无题

乾坤容我静,
名利任人忙。
误入尘网中,
年少心向往。
头白不贪名,
惟羡唐寅闲。
兴来青山卖,
不使造孽钱。
注：首联系苏曼殊于普济寺撰联。尾联改自唐寅《言志》句："闲来就写青山卖,不使人间造孽钱。"
（2011.05）

慎独·读《荀子·修身》

是我当者谓吾友,
非我当者曰吾师,
谄谀我者系吾贼,
荀卿借人以审己。
闻人之谤当自修,
他者赞誉常心悸。
反躬默省思速改,
养心自知无有戚。

注：尝读罗哲海(Heiner Roetz)《轴心时期的儒家伦理》一书英文版序曾引用《荀子》的这段话："非我而当者,吾师也;是我而当者,吾友也。"我认为这段话非常符合现代性中的批判精神。"闻人之谤当自修,闻人之誉当自惧"系胡居仁(1434—1484)《居业录·学问》中句。

(2011.05)

放达·读《二程集·河南程氏粹言》

动静皆宜以养生,
饮食衣服供养形。
箪瓢陋巷无累心,
知足常乐真性情。

(2011.05)

理势·克罗齐

读史不为当下思,
阅尽天下终无益。
一切真史皆时造,
岂唯今日论高低。

近日读克罗齐(Benedetto Croce,1866—1952)《历史学的理论和实际》一书,重温其"一切真历史都是当代史"的重要论断,有感。

(2012.02)

探赜索隐

一

一叶知秋岂山僧,

瓶冰知寒亦非圣。

举一反三贵心悟,

方知不错用功夫。

注:宋人有诗句曰:"山僧不解数甲子,一叶落知天下秋。"《淮南子·说山训》载:"以小明大,见一叶落,而知岁之将暮;睹瓶中之冰,而知天下之寒。"

二

韦编屡绝用功磨,

积水为海不嫌多。

道在心悟无文字,

岂向故纸始求得?

三

闲中日月庭前树,

静里乾坤即桃源。

经事史书皆入目,

待到时至骨自换。

注:《樊川文集·冬至日寄小侄阿宜诗》:"经事括根本,史书阅兴之。"《诗人玉屑》中有"学诗如学仙,时至骨自换"(陈无己句)。

(2012.02)

游外冥内

城中闲取静，
悠然远俗心。
君子慎其独，
一刻值千金。
（2012.02）

养心正志

百年过客如电光，
人似花上露无常。
及时驾得生死筏，
莫待迟暮鬓已霜。
（2012.02）

六相圆融

四六韶光瞬息了，
身心未闲愧亲朋。
迷时常为法华转，
得度静听夜雨声。
（2012.02）

正法眼藏·晨起偶得

一
城居车马龙,
心闲隔尘境。
且寻梦中事,
岂唯屈子醒。

二
一轮春夜月,
禅灯伴读经。
客来问佛法,
花红杨柳青。

三
寺偏人稀至,
钟鼓独吾闻。
归来云满袖,
飘逸赛右军。

(2012.02)

东山法门·无题

一
人生百年如过客,
惯作散人不愿官。
闲中寻我总不见,

安知静里乾坤天。

二

狮子吼声本天籁,
世间无处不菩提。
何日迷途归正觉,
吼回大地武陵溪。

注:陶渊明《桃花源记》载一渔人在武陵溪"忽逢桃花林",追踪至"世外桃源"。

三

百年过客无常主,
何须贪著福德金。
饥来吃饭寒添衣,
实相妙境平常心。

(2012.03)

一相庄严三摩地·晨起偶得

一

六根清净心如灯,
五蕴皆空性自明。
学道皆从搬柴始,
修行何须读仙经?

二

人处险境思形上,
闲来无事乱涂鸦。

世事所累心已疲,
何日山泉煮新茶?
(2012.03)

别境·次八指头陀《漫兴》(1907)韵自嘲

吾道甘寥落,
增慧酒消愁。
书生本无用,
何留名春秋?
夜抱爱派卧,
日拥一杯酒。
圣凡皆虚幻,
吾今复何求?
注:"爱派"系 ipad 之音译。
(2012.04)

菩萨十地

一

黄花翠竹常相住,
真如常现云水间。
灵鹫狮吼惊众生,
祇林鹿苑即当前。

二
禅心每自闲适生，
佛性常向闹市参。
竹影松涛三摩地，
堪比金刚五千言。

三
拈花微笑为哪般，
松风水月乃佛缘。
如露如电如梦幻，
世间应作如是观。

四
偷得浮生半日闲，
不信佛来不羡仙。
知命人生即鸿雪，
白云流水亦因缘。

五
幽涧泉鸣清似玉，
成蹊桃李本无言。
啜饮我邀天上月，
笑谈今古几千年。

六
大隐藏于闹市间，
洗心胜过古禅庵。
蜩螗沸羹人语静，
心无挂碍赛陶潜。
（2015.11）

山林者之乐·冬日山居

柏枝煮雪真雅事,
急取紫瓯沏清茶。
松风夜半清难寐,
常盼故人吹胡笳。
人世沧桑已惯看,
山中禅寂乃心斋。
一卷维摩读未尽,
已随文殊赴龙华。
注:欧阳修(1007—1072)在《浮槎山水记》写道:"至于荫长松,藉丰草,听山流之潺湲,饮石泉之滴沥,此山林者之乐也。"
(2016.08)

神与物游·秋晨偶得

客尘扰扰有宁日,
小室清修赛山居。
池缸游鱼凉生户,
铁架藏书香满裾。
浮萍自在根解脱,
白莲清净藕空虚。

何用孤寺参禅悦，
隔窗观山味有余。

（2016.08）

象外之象·丙申冬日有感

飘然廿年东西走，
罗马长安一时兴。
阅尽繁华心沉静，
漫将学问问禅灯。
世事扰攘何曾见，
隔窗西山写为屏。
初冬银杏株上雪，
人生看得几清明。

注：西院初雪后一株株银杏树上挂满了厚厚的雪，想起了苏东坡（1037—1101）《东栏梨花》中的两句"惆怅东栏一株雪，人生看得几清明"。

（2016.11）

过眼云烟

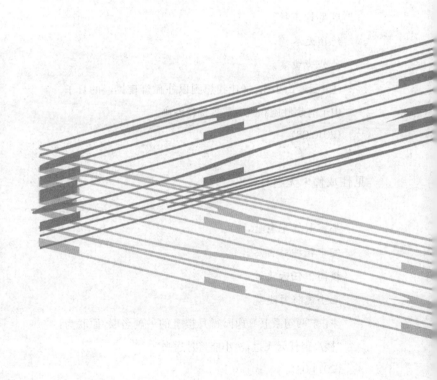

山居·题云峰山——庚寅年六月廿八、九日小住云峰山

何处凿禅壁,
观音洞中寻。
登高极目眺,
云水山拔峻。
桃花古道地,
胜庵钟声稀。
绝顶无尽意,
处处皆曹溪。

注:云峰山小住,又让我想到以往孤灯夜读经的日子。山上有超胜庵和观音洞等佛教胜迹。

(2010.08)

见性成佛·无题

半窗碧绿半窗蓝,
室中乾坤胜自然。
楼高但任云飞过,
池小能将月送览。

注:末两句系上海豫园得月楼上的一副名联,原联为:"楼高但任云飞过,池小能将月送来"。

(2011.03)

取像·读《雪涛小说》有感

盈科小说名雪涛,
谈丛谈言复谐史。
不拘格套抒性灵,
才高远识江进之。
注:江盈科(1553—1605),字进之,号渌萝山人,有《雪涛阁集》行世。
(2011.04)

吟咏情性·春日感怀

一

柳翠桃复红,
气清温阳至。
一夜春风起,
大地归春日。
雨润盆中花,
露滋庭前李。
春光不自留,
莫待空折枝。
注:《尔雅·释天》有"春为青阳"句,郭璞注:春季"气清而温阳。"

二

三月和风吹，
馨香心脾沁。
喜鹊忽入梦，
遨游芳春林。

（2011.04）

怀土·孟春回徐州前而作

往昔居西洋，
故乡渺茫茫。
不忍登高望，
归心愁断肠。
而今居京上，
头裂始知忙。
梁园好归处，
心安即吾乡。

（2011.04）

拄笏看山·淡泊集句

冀无身外忧，
自有闲中益。
把酒叹浮名，
淡泊以明志。

注：前二句系刘禹锡(772—842)《游桃源一百韵》，第三句系吴伟业(1609—1672)《过吴江有感》句，最后一句乃诸葛亮(181—234)《诫子书》。
(2011.05)

冰心·冬日偶得

地冻天寒长居家，
夜坐拥炉自煮茶。
漫长冬日心寂寥，
卧听落雪压梅花。

注：此诗系用八指头陀光绪三十一年(1905)《答顾居士》韵。
(2011.12)

现前地

忆昔过节于彭城，
张灯结彩访亲朋。
近日宅居幽静里，
此心安处得安宁。
(2012.01)

洗心·改八指头陀丁酉年(1897)《对雪书怀·再成一首》

归国近八载,
心中事未成。
转念心何苦,
想此泪双流。
且愁荒道业,
何必博虚名。
本来无一物,
此身复何求。
(2012.01)

万象在旁·昨夜元宵节,月色皎洁,天甚冷

千万人家爆竹时,
红妆满地上元至。
明月去借梅花影,
天寒地冻春来迟。
(2012.02)

造境·正月十六日晨忆旧

淹留京城卅暑寒,
屡屡无端忆童年。
俗世忙碌鬓已斑,

何日故乡醉翁眠。

（2012.02）

吃茶去

一

人生天地间，

身心俱疲倦。

头裂始知忙，

禅心何处现？

云中结茅庵，

心闲赛桃源。

山中拾旧枝，

归来煮茗泉。

（2012.02）

二

禅心何处寻，

行住坐卧看。

酽茶三两碗，

谈笑离言筌。

注："酽茶三两碗"系仰山慧寂（815—891）著名禅偈中的句子。

（2012.03）

离德八年

追忆当年居德日,
错将他园认故乡。
归来常为波恩泪,
旧林故渊难相忘。
注：陶渊明《归园田居》其一中有"羁鸟念旧林,池鱼思故渊"之句。

（2012.03）

离家廿七年感怀

廿七漂泊不思归,
桑梓已无儿时心。
读书常觉功名假,
阅世方知亲历真。
京城西山郁苍苍,
波恩连江碧粼粼。
一片闲情何处著,
吾心安处即绝尘。

（2012.07）

漂浮

昨日雨,今晨晴,杨柳树
下观天上散淡的白云飘
过,感叹世事虚妄。
疲于奔命已多年,
吾心不及白云闲。
何时归来神入定,
垂杨柳中观残烟。
(2012.04)

止观

一
闹市之中心自闲,
不羡桃源深处仙。
何必与人相阻隔,
人间自有别洞天。
(2012.04)

二
北国霜冷叶已丹,
脚踏林衣心愁然。
世路不知何处尽,
禅心无须觅桃源。
(2015.11)

过眼云烟

闭关

严冬雪拥屋前柳,
静夜枯灯听阳关。
碧澄冷浸千秋月,
何日垂钓富春山?
(2015.11)

再现

晨起,忽忆廿多年前广济寺读佛典事,遂成四句:
人生在世应何似,
疲于奔命为那般?
自从一读佛典后,
吾身轻如蜕后蝉。
(2012.05)

其中滋味·广济寺话旧

二十余年识此寺,
读经参禅破公案。
天冠弥勒今尚在,
初师唯有忆旧颜。
兰若得言证诠忘,
即心有契悟灯传。

一念回首皆是岸，

吾心无住始为禅。

（2015.12）

妙造自然·罗拉赫鸟瞰三国

欲观三国界，

盘桓上翠微。

朝霞舒锦绣，

抬头迎鹤飞。

巴塞烟囱近，

阿萨树色希。

莱茵如玉带，

飘然不思归。

注：罗拉赫（Lörrach）位于德、法、瑞士三国交界处（Dreiländereck），附近山上教堂四周的观景台，可以鸟瞰三国的风光。莱茵河畔的巴塞尔（Basel）位于瑞士一方，以化工和制药业闻名于世，烟囱林立。法国一方的阿尔萨斯（Elsass）地区的山上林木稀少，景色壮观。

（2012.06）

过眼云烟

行捨·晨起，读八指头陀《访洪复斋居士（家沏）》(1910)，作诗一首

幽居在人境，
走毂无日闲。
惯常疲奔命，
望眼心恬淡。
孤云飘已倦，
独鹤飞回还。
尘世多有系，
不愿作神仙。
（2012.08）

意足·五十自嘲

一

两鬓白发生，
岁增又一年。
而今知天命，
何为法华转。
沧海虽多变，
本性尚高然。
人间已看惯，
随处可安禅。

注:"意足"是嵇康(约223—约263)对老子"知足之足常足"的发挥,是意志精神上的自我满足,认为由此则"无适而不足"。

二

今晨过百半,
来日屈指算。
知命写双鬓,
世间即涅槃。
历经冰霜苦,
余意已释然。
浮云身外事,
退步且向前。

注:《中论》偈曰:"涅槃与世间,无有少分别,世间与涅槃,亦无少分别。"南北朝时期契此和尚的《插秧诗》云:"手把青秧插满田,低头便见水中天。心地清净方为道,退步原来是向前。"

(2015.10)

三

五十年来梦幻身,
青山如旧白云新。
临济四喝皆方便,
文偃机辨显禅心。
行脚天涯寻常事,
翠竹黄花清净身。
一花一佛一世界,
而今其中得宁馨。
(2015.11)

全生葆真·五十感怀

一

五十年来东西游,
浑然不觉两鬓愁。
名山事业他人造,
半世沧桑堪何忧。
转谛皆在言语外,
悟机须向红尘求。
犹有一双清净眼,
笑看天凉好个秋。

二

转瞬浮云五十载,
往事不堪益凄然。

百年过客行无常,
三日散人不愿官。
酽茶一杯心已醉,
胜读道德五千言。
西山如人隔窗语,
悠然澹定常窥园。
(2016.08)

三

五十年来身似客,
常怀寂寞鲜孤独。
吾今别有西来意,
躲进小楼闲读书。
弹指声中千偈了,
拈花笑处一言无。
迩来万事皆无累,
人到无求何言殂。
(2016.09)

求放心·五十感怀

一

云门饼子赵州茶,
如人饮水是行家。
两鬓萧萧半世过,
如今历劫已恒沙。

二

飘然半生人世客，

不觉已添鬓边霜。

何须更问人生意，

无处青山不道场。

三

弹指人间五十年，

了然幡悟一身闲。

适然捧酒书间卧，

何羡欲界兜率天。

注：Tusita 为欲界六天中的第四天，意译为"妙足"。此处的内院为将来成佛的菩萨的住处。兜率天人的寿命为四千年，其一昼夜，乃人间四百年。

四

五十始识世间事，

前尘惊心忆梦中。

愧将文字参真谛，

般若无碍如虚空。

五

往事悠悠烟云霞，

吾心安处即是家。

逝者如斯吾如水，

啜茶饮酒了生涯。

六

半是佛家半西儒，

东西南北听啼乌。
莫道人生如梦幻,
一蓑烟雨钓平湖。

七

燕山北风急,
凛凛雪飞纷。
天寒围炉坐,
生灭去来今。
红尘何用隔,
菩提自生心。
惆怅且归去,
再续伯牙琴。

八

五十华发自见增,
躲进小楼避浮名。
堪嗟人世少平地,
何妨樽酒寄平生。

九

他乡八年滞,
万里归故园。
如何二十载,
误入尘网间。
不愁荒道业,
但嫌前途险。
自有千秋业,

何用坐枯禅。

十

抄录《五灯会元》卷十中法眼文益(885—958)的一段轶事及其佛偈：

师一日与李王论道罢，同观牡丹花。王命作偈，师即赋曰：拥毳对芳丛，由来趣不同。发从今日白，花是去年红。艳冶随朝露，馨香逐晚风。何须待零落，然后始知空。王顿悟其意。

五十岁以后，才真正能体会到法眼文益诗中的含义。

(2015.12)

诸法实相

秋风吹泪鸣昏鸦，
围炉啜饮赵州茶。
半世忙碌如奔命，
一生虚名似无暇。
万千尘劫人自苦，
三五好友赏胡笳。
身如浮云心已定，
自笑历劫已恒沙。

(2015.11)

安之若命·五十一有感

半百青鬓霜渐起，
冽冽秋风西山云。
十月寒雨天转冷，
远飞南渡雁呼群。
世事惊起机里客，
岁月唤回梦中人。
却忆当年留学日，
形单影只雨纷纷。

（2016.10）

第一义谛

一

普陀山有一联，乃苏曼殊句：

乾坤容我静，
名利任人忙。

（2015.11）

二

前天在花鸟市场又买了五条金鱼，放入了我已经有几个月没有过问的鱼缸中。水中的金鱼舒缓、自在地游着，没有任何声响。隔着水的清净，着实让人向往。

过眼云烟

水中容鱼静，
世间任人忙。
（2016.07）

梦境

一

暮秋寒渐起，
冰霜梦寻僧。
师住灵岩寺，
峭壁走枯藤。
菩提须空意，
自在观无声。
禅心本无住，
荣辱何所生。

二

环山皆禅刹，
林深宜山居。
山静鸟鸣天，
水清鱼赏月。
仁者咸乐山，
安见我非鱼。
此岸与彼岸，
岂有实与虚。
（2015.11）

三

林壑藏古寺，
云山转清阴。
鸟语皆成韵，
初秋山林深。
一任群芳艳，
长存真如心。
何时结木屋，
吟诗自挥琴。

四

不尽人间意，
长歌自抚琴。
谁识池中月，
一刻值千金。
世事皆无常，
秋风鬓已侵。
何时结茅舍，
禅心在茶饮。

(2016.10)

五

落日西山静，
秋月半窗明。
万卷闲暇览，
樽酒故人倾。
独礼心中法，

惟拜世外僧。
是故精舍里,
不闻念佛声。
(2016.11)

六
尘世一头陀,
入定对枯荷。
无心参自在,
梦里说般若。
鹫岭留印月,
禅林识香罗。
人世已看惯,
河边常观鹅。
(2016.12)

七
不觉已腊月,
是年实且虚。
对月常独酌,
观鱼羡山居。
林中藏古寺,
世间有三闾。
怅望苍天高,
泠然作杨朱。
(2017.01)

二谛义

仲舒三年不窥园,
我今偷闲常观山。
烟尘楼宇屏风看,
何须将心与人安。
(2015.11)

遍行别境

昨夜大雨,晨起,放晴后的西山历历在目。久未见京城之雨,遂记之。

一

霏霏疾风劲,
滴沥已销魂。
大音本希声,
天籁圣瑶琴。
梧叶催秋至,
芭蕉添愁心。
霖霖沐馀润,
洗尽千古尘。

二

新晴视野阔,
西山极目望。

山河作户牖，
雨后翠柳杨。
静觉游鱼动，
动辄日影长。
若避炎溽苦，
何寻世外凉。
（2016.08）

夜坐

一

静观得众妙，
巍然西山影。
久坐远尘嚣，
隔窗绿写屏。
见指不迷月，
听音非在筝。
无法向人说，
独赏一天星。

二

夜静雨声细，
紫竹惠风生。
一雨涤烦暑，
霁月开光风。
独赏秋月朗，

共析金刚经。
谁解一弹指,
了然月独明。

三

渺渺身何住,
余生一刻金。
儿时凌云志,
明镜落埃尘。
薄酒空世事,
清茶见禅心。
观心了无碍,
方识梦中吟。

(2016.09)

郁郁黄花

一

一夜秋雨后,
天朗碧晴空。
般若心常净,
禅那溪钓翁。
转谛言语外,
悟机真实中。
涅槃即世间,
何羡广寒宫。

(2016.09)

二

一夜秋雨后，
惬意可人天。
曹溪何处觅？
杨柳中残烟。
佛陀拈花笑，
妙心教外传。
自甘成独觉，
隔窗观西山。

三

雨后天晴朗，
杨柳鸟频栖。
真如本自修，
何为世间移。
惟怨闻道少，
莫恨赏音稀。
朝闻般若智，
夕死复何惜。

（2016.09）

天凉好个秋

一

大雁南归翔,
远山千里秀。
风雨一片叶,
慨然知已秋。
看云忘世味,
听雨知禅幽。
将随性所适,
赵州消万愁。

二

昨日友来访,
柏林已深秋。
落叶不可扫,
纷纷坠闲愁。
秋风层林染,
人间足奄留。
吾今何处息,
禅心人世求。

(2016.10)

过眼云烟

传灯与指月

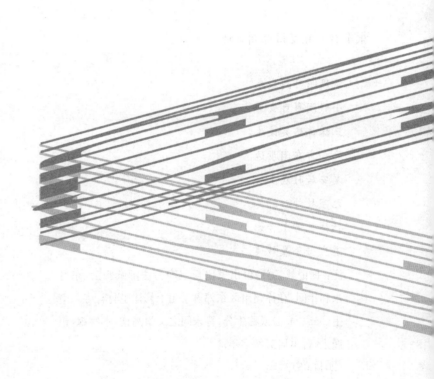

般若波罗蜜·读寒山诗有感

人生参透万事休，
分别妄想无挂漏。
闲来品茗复读书，
一如清风得自由。
(2017.04)

根本智·立夏日徐州感怀

清风明月随我来，
小城闹事可安禅。
三昧每从笑谈生，
真如常在闲步边。
夏安居时众生安，
无字教外心灯传。
竹林兰若东晋始，
道生当年最妙谈。

注：据记载，第一位出家比丘尼净检法师圆寂后，东晋永和年间，在徐州市区东郊狮子山上修建了竹林寺。道生(355—434)或称生公，晋宋间之义学高僧，本姓魏，钜鹿人，曾寓居彭城多年。

(2011.05)

一行三昧·晨起偶得

一

深山入定非能耐,
闹事三昧显真功。
起卧洒扫皆为禅,
涅槃世间无西东。

二

一夜风声惊余梦,
如闻妙法狮子吼。
梦醒不随风声去,
郁郁黄花到处有。

(2011.05)

寻道偈

昔日勤寻道,
真如何处现?
一读素怛览,
道在尘世间。

注:素怛览,梵文 Sūtra "经"的汉语译音。

(2011.05)

求道偈

空色圆融有去来,
上天创世人得救?
佛耶茫茫均未成,
行住卧安世间求。

注:五台山碧山寺戒堂殿联曰:"空色圆融,何有去来之路;我人顿息,本无生灭之门。"

(2011.05)

咏道生

一

象以尽意且忘象,
言以诠理而息言。
忘筌取鱼可言道,
一阐成佛群石悟。

注:近读道生传,深为其事迹所感。道生曾从鸠摩罗什学法多年,悟到语言仅是诠表真理的工具,不可执著于粘滞。后因推出"一阐提人皆得成佛"而被僧团摈出。后入吴中虎丘山,传说他曾聚石为徒,专讲《涅槃经》,说到一阐提有佛性时,群石点头。(《佛祖统纪》卷二十六、三十六)

二

生公钜鹿人,

多年寓彭城。
四圣十哲者,
道生列其中。
阐提有佛性,
群石皆称颂。
宋世贵其说,
顿悟以通经。
寂鉴微妙义,
真如直相称。
一悟豁贯通,
疑云变灯明。
善净四轮教,
判教自此兴。
吾今说涅槃,
滞文亦应通。

注：生公曾从鸠摩罗什受业，成为罗氏门下四圣、十哲之一，东晋时之涅槃经学者。道生将教法分为善净、方便、真实、无余四种法轮，世称"生公四轮"。此说与南朝刘宋时慧观二教五时说，同为后世判教之渊源。

(2011.05)

咏支谦

越本月氏裔，
汉梵本无双。
传说眼中黄，
体细是智囊。
译经几十部，
尚约兼调和。
得法意为证，
深解诸般若。
首创会译功，
更复有自注。
恭明谙音律，
梵呗引经入。
所译多佛说，
维摩弥陀先。
足腾玄趣续，
大乘因谦显。

注：支谦，名越，字恭明。据《出三藏记集》卷十三支谦传第六记载："其为人细长黑瘦，眼多白而睛黄，时人为之语曰：'支郎眼中黄，形体虽细是智囊。'""得法意而为证"是借用道家"得意忘言"的说法来格义佛教般若，仍深得般若之精神。汉末康孟祥译《修行本起经》已经有了长足的进步，其译本文辞雅驯流畅，因此道安谓："孟详出经，奕奕流便，足腾玄趣"。支谦继承了这一传统。

（2011.05）

咏僧肇

一

老子玄远意未尽，

读至维摩始知归。

罗什门下解方等，

法中龙象能发微。

二

逍遥园中辅译举，

什公出经肇为序。

四论合一曰肇论，

缘生无性实相趣。

三

心无即色本无误，

非无非有即真如。

维摩般若三论宗，

性空法相显本无。

四

般若无知亦无见，

圣心因是无不知。

体用一如动静即，

后世什肇山门识。

（2011.05）

咏佛图澄（一）

一

异僧佛图澄，
诵经数十万。
论辩无疑滞，
弟子有道安。

二

重戒具神通，
彻见千里长。
劝勒少杀戮，
皆呼大和尚。

三

建寺近九百，
教诲甚诚笃。
法朗竺法汰，
尽皆得真如。

（2011.05）

咏佛图澄（二）

帛氏佛图澄，
永嘉来洛阳。
诵经十万言，
辩才群雄上。

积日不食粟,
常服气自养。
念咒役鬼神,
运筹帷幄忙。
结交后赵王,
劝勒少戮狂。
道安僧朗续,
佛教始辉煌。

注:佛图澄于永嘉四年(310)到洛阳,当时已经七十九岁了。佛图澄因石勒(274—333)大将郭黑略的关系结识了石勒,并力劝石勒少行杀戮。道安、僧朗是中国佛教承前启后的人物,都曾为佛图澄的弟子。

(2012.02)

咏支娄迦谶

月支名师来洛阳,
誓传般若真博识。
审得本旨不加饰,
道行本无自谶始。

《高僧传》中称支谶的译文:"因本顺旨,转音如已。"也就是说,基本上沿袭了安世高的译法,随顺佛说,了不加饰。二世纪支谶来洛阳,正是道家思想流行之时,支谶于是将"波罗蜜行"译作"道行","如性"译作"本无",是借助道家的思想来传播佛教般若学说。

(2012.02)

咏达摩

大师南朝来中土,
合掌连日唱南无。
面壁十年成初祖,
只履西归为人度。
武帝自问造像功,
有为之事有却无。
壁观教人安心云,
教外别传人自悟。

注:据《洛阳伽蓝记》卷一记载,菩提达摩在洛阳看到永宁寺宝塔之美,历游各国都不曾见过,于是"口唱南无,合掌连日"。

(2012.03)

反照之痕迹

学承史无传,
弟子皆精英。
其有光亮处,
必曾放光明。

注:雅斯贝尔斯在《佛陀》中指出:"在此存在一个透过反照而来的、具有人格的、卓越的现实,它说明,只要反照存在,这里就一定曾放射过光芒,其光亮之剧烈,足以使他物生辉,这是不言而喻的事实。"(《大哲学家》,北京:社会科学文献出版社,2010年修订版,第89页)这里涉及到的实际上是雅斯贝尔斯的一个哲学概念"反照之痕迹"(Widerschein-Abglanz),与海德格尔的"光"(Licht)相当。

(2011.05)

世间空自忙

万机得暇火寻冰,
风动旛动实心动。
万法本闲人自闹,
云在青天水在瓶。

注：第三句系八指头陀的诗句,原诗为:"大千一粟未为宽,
打破娘生赤肉团。万法本闲人自闹,更从何处觅心安?"末
句乃药山惟俨(青原系石头希迁法嗣)的著名公案。

(2011.05)

云门三句之截断众流·晨读《碧岩录》

道本无言言显道,
见道忘言在心悟。
须参话头非死句,
无说无闻真般若。

(2011.05)

云门三句之随波逐浪·诸法不可说

大义由来不可陈,
休于言下觅疏亲。
错向文字求实相,
误将佛书作佛心。

注：前二句出自《联颂集》。《枯崖和尚语录》中有："经是佛言，禅是佛心"语。

(2011.05)

平常心

一

蒲团坐破无关旨，
禅关参透神归家。
野鹤闲云水中月，
闹市可吃赵州茶。

(2011.05)

二

茂林幽深藏古寺，
离世何来参佛勤。
行住坐卧真生活，
无凡无圣平常心。

(2012.02)

解脱障

天下名山僧占多，
世间智慧数般若。

自从一读修多罗,
始识一叶一如来。
注:修多罗,梵语 Sūtra,巴利语 Sutta,系"佛经"一词的音译。

(2011.05)

羚羊挂角

风声雨声成妙谛,
人间喧闹梵音字。
诗偈言筌多幻化,
尘嚣世上证菩提。

(2011.05)

日应万机

无有挂碍万事宁,
本来无物性坦然。
心自岿然风幡寂,
不垢不净是真禅。
注:闲读辽宁朝阳华严寺联:"万缘脱去心无事,诸相空来性坦然",感触良多,口占一首。

(2011.05)

三摩地

棒喝惊起机里客,
公案唤回梦中人。
流水松韵三摩地,
远离喧嚣心声闻。

注:杭州香山寺联:暮鼓晨钟,惊起红尘机里客;经文贝叶,唤回苦海梦中人。

(2011.05)

本来无事·改寒山诗《一住寒山》

一念清净万事休,
更无妄想挂心头。
闲来品茗读诗句,
吾心原本不系舟。

(2012.01)

寂知指体

一
半日闲淡来赏竹,
僧院同吃赵州茶。

绿竹红梅犹假色，
明月秋风智慧芽。
(2012.01)

二

心无挂碍自生凉，
闭门常诵佛老庄。
迷时佛国法华转，
悟则世间桂花香。
(2015.12)

求心不求法

一

庄严参佛性，
清净对禅灯。
众人皆入梦，
何忍吾独醒？
(2012.02)

二

掬水月在手，
弄花香满身。
拈花微笑时，
妙法皆归真。

三

心不随境生，

己明智慧长。
行住卧安处,
世事无挂碍。

四

净心修佛道,
皓月照空阶。
三藐三菩提,
一花一世界。

(2012.03)

五

鼓钟本寻常,
宝像面面光。
清凉禅心在,
何须终日忙。

(2015.11)

六

野鹤闲云即法相,
清风明月亦色尘。
梵钟无需他人撞,
自牧泥牛耕耘忙。

(2012.02)

七

青青翠竹尽法身,
郁郁黄花即般若。
言语道尽实羁绊,

静默如临万顷波。

八

蒲团坐破未必悟,
闹市谈禅得真诠。
世间如露亦如电,
梦幻泡影如是观。

九

妙体真佛何处寻?
绝代圆融非思议。
离四句,绝百非,
妙明心性当下即。

(2012.03)

十

正信不尚神通,
真佛只说家常。
佛陀地上行走,
并非空中飞翔。
面临生存问题,
皆与人类同样。
雅公深谙此理,
时时勤参老庄。

十一

月洒大地诸物静,
心持法偈万缘空。
佛说贝叶本无字,

愿作溪边晚钓翁。

十二

机劳放下自身轻，
波罗蜜多何时悟。
无须诵读千万经，
如来智慧本具足。

（2012.04）

色心不二·次寒山《自乐平生道》韵

平生爱佛道，
修行倚岫岩。
放旷无挂碍，
常伴白云闲。
曲径通幽处，
无住甚为难。
挥剑斩虚空，
禅境兀自现。

注：《坛经》里有"无念为宗，无相为体，无住为本"。

（2012.02）

拂尘看净

一
法由心生何言寿？
五蕴假合为修心。
城中闹市何妨住，
闲暇挥手弄瑶琴。
二
闭门校园读书累，
何日心闲去观云？
言语道断心行灭，
佛遍世间何须寻。
（2012.03）

诸法偈

诸法因缘生，
诸法因缘灭。
白发最公道，
任谁不曾饶。
（2012.03）

修道偈

无尽苍穹，

浮云片点。
无常聚散,
来去起灭。
身如无常,
造业种种。
世间本苦,
当早谋出。
真如实相,
犹如虚空。
本来不生,
今亦不灭。
奉劝世人,
随顺歇心。
勿再执著,
亏待浮生。

(2012.03)

心如木石·晨起偶得

心似电邮随处在,
禅如慧日拨流霞。
春风闲云无挂碍,
何日同吃赵州茶。

(2012.03)

道心

八年居德心尚闲，
而今却如陌上尘。
云水茫茫千万里，
真如道心何处闻？
注：陶渊明《杂诗》有"人生无根蒂，飘如陌上尘"句。
（2012.03）

见性·次八指头陀《再挽文学士五绝句》之四韵

人间何处可安禅？
莫言归处止伽蓝。
兜率天中犹有漏，
婆娑世间自有闲。

附1904年八指头陀原诗：
人间何处可安禅？
劫火焚烧海欲然。
兜率天中犹有漏，
如归佛国证金莲。
（2012.03）

安禅·偶得

心中藏真如,
世间尽韶光。
何处安禅心,
脑裂始知忙。
注:最后一句乃汾阳无德禅师语。
(2012.03)

安禅

安禅于陋室,
而无车马喧。
万法由心生,
不执著言筌。
维摩一默然,
堪比五千言。
自修吾心净,
世间即桃源。
注:第二句用陶渊明:《饮酒》其五中成句。
(2012.03)

无心于事,无事于心

万法本闲人自闹,
仁者心动见风幡。
无心于事真功夫,
无事于心流水潺。
注:首句系八指头陀句;"无心于事,无事于心"系德山宣鉴(782—865)语。
(2012.03)

真如无为

真如实相万法源,
鹫峰祇林现当前。
渡河负筏添烦恼,
清风明月真自然。
(2012.03)

法无所著·读许浑《白马寺不出院僧》有感

无我无欲心安静,
自然清净得禅心。
百花丛里千番过,
片叶花草不沾身。
(2013.03)

离垢地

心在清净不诟地，
浊富多忧何相关。
求道不得鬓毛衰，
青山扪虱挟书眠。
注：《景德传灯录》卷二十一有句："宁可清贫自乐，不作浊富多忧。""青山扪虱坐，黄鸟挟书眠"乃王安石的名句。

(2012.03)

拟山居有感

一

心静风愈劲，
山居有所思。
习定幽谷中，
当今为何时？

二

人生意若何？
狂花迷心性。
殁者如飞蛾，
冷然契独醒。

注：前几日中国人民大学一名曹姓化学教授跳楼身亡。《唐诗纪事》卷八十有："莫与狂花迷眼界，须求真理定心王"。魏源(1794—1857)在《读书吟示儿耆》中写道"飞蛾爱灯非恶灯，奋翼扑明甘自损"。

（2012.03）

性空

一

深山鸟成韵，

禅房半是云。

一花一世界，

寰宇入我襟。

二

饮水冷暖心自知，

何必他人求甘露。

城中窥人楼嶂月，

谁从世尊识真如。

三

绿水浮天云扫地，

清风结伴月为邻。

而今都市窥色相，

钢筋水泥亦禅心。

（2015.10）

触境皆如

禅池留月印，
山静人自闲。
万籁心已寂，
身寄浮云间。
夜观月徘徊，
昼望云舒卷。
湛然清净义，
鲜在兜率天。

(2015.11)

雅素与世缘

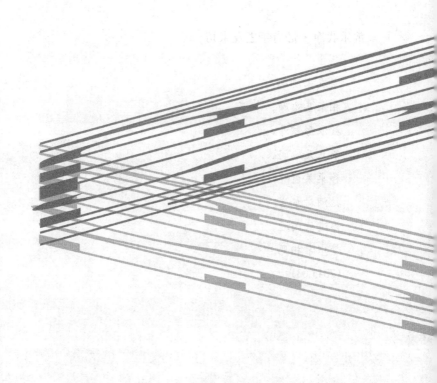

贺内田庆市教授花甲之年

内田花甲如后生，
方寸海纳真性情。
苍茫云水隔不断，
天人之际论究竟。

（2011.02）

常乐我净·忆当年老友来访

老友来波恩，
相聚甚欢颜。
放浪形骸外，
爷立天地间。
移桌莱茵畔，
把酒对龙岩。
谁道故国远，
梦中常相见。

（2011.03）

贺米亚尼斯科夫(В. С. Мясников)教授八十大寿

米师文章四海雄,
通古通今无所求。
最爱华夏山水胜,
杖朝之年亦风流。

(2011.04)

赠腊碧士(Alfons Labisch)教授

西国有贤者,
汉名腊碧士。
杖年识中华,
往返东西间。
行事勇果断,
志在举良贤。
达士志寥廓,
仰高钻弥坚。

(2011.04)

腊碧士教授来信询问余访德日期

电邮前日从天降,
问予何时再相访。
欲待柳绿百花放,
与公老城倚南窗。

注:陶渊明《归去来辞》有:"倚南窗以寄傲,审容膝之易安"之句。杜市老城有几家腊碧士教授喜爱的酒馆,每次去那里,我们都会在那里喝到很晚。

(2012.02)

腊碧士教授来访

腊公天命离书斋,
往来欧中尽天涯。
最爱烹茶北京住,
前世多半生中华。

注:腊碧士教授5月12日至22日在北京访问,昨日送他离开北外。

(2012.05)

赠乏笔来京

仙风道骨何乏笔,
一身如叶离故园。

不依西洋不泥夏,
自生匠心独妙禅。
台北一住近廿年,
中西学贯返自然。
平淡生死真功夫,
南华真经他山观。
注：好友何乏笔（Fabian Heubel）系台湾中研院副研究员,每年来北外讲学一个月。

（2011.05）

听何乏笔讲庄子

哲人如兰蕙,
香馥幽且长。
中欧皆为家,
合璧西东方。
道心且无住,
坐看云起忙。
传灯无白日,
相对言已忘。

（2011.05）

送乏笔回台北

五月在北京，
教授南华经。
要识无字理，
言筌悉皆摒。
明镜不疲照，
清流非惮风。
经师复人师，
虑思亦精猛。
今日返台北，
自此各西东。
之交淡如水，
何必常相从。
相知无远近，
万里尚为邻。
时时勤通邮，
何日演古琴？

注：《世说新语·言语》"何尝见明镜疲于屡照，清流惮于惠风？"又《资治通鉴·后汉纪》"经师易遇，人师难遇。"张九龄《送韦城李少府》："相知无远近，万里尚为邻。"

(2011.05)

逍遥·读瑞士人毕莱德《庄子四讲》

既得人间道，
须臾言筌忘。
本来无一物，
真如竟难穷。
梦幻泡影法，
悉皆为虚妄。
生死累吾心，
随顺自然狂。

注：毕来德(Jean François Billeter, 1939—)，日内瓦大学退休汉学教授，有多种有关庄子的法语著作行世，其中《庄子四讲》于2009年由中华书局(北京)出版。

(2011.05)

心斋·庄子会

群士聚来谈庄周，
更议西儒毕氏诠。
言筌终为道外物，
心悟实相处处禅。

注：昨日召开"庄子研究与西方当代思潮"研讨会，会上与会学者就瑞士汉学家毕来德的庄子研究进行了讨论。

(2011.05)

相聚

当年离彭城，
一晃三十年。
相聚阿二煲，
薄酒饮亦翩。
别时尚年幼，
而今头花斑。
不尽无限事，
外号忆旧颜。

(2011.05)

旧雨重逢

一

快意莫若友，
故乡遇同窗。
惜别在何处？
相逢早已忘。
人生乐相知，
识真听其狂。
十觞亦不醉，

学伴情意长。

二

故人一别近卅年,
相逢执手泪眼看。
断肠笑谈往事里,
音容笑貌故依然。

(2011.12)

契阔

忽忽卅年过,
相见双鬓花。
当日秀雅貌,
宛如隔窗纱。
注:17日晨忽忆去年12月初回徐州时遇到的儿时旧友,有感。

(2012.02)

眼终青

一

不识故乡已多年,
每过彭城难经天。
今次季春多日待,
清夜家山月更圆。

二

故人不见卅余年，

梓里重逢二餐缘。

饮酒谈笑叙旧事，

前尘萦首夜难眠。

注：次八指头陀"与芷翁话旧又送马公归蜀"之一韵。

三

别来头并白，

相见眼终青。

说尽无限事，

摩挲白髭须。

注：集古人句一

四

了知不是梦，

忽忽心未稳。

今夕复何夕，

共此灯烛光。

注：集古人句二

五

十觞亦不醉，

感子故意长。

未老莫还乡，

还乡须断肠。

注：集古人句三

（2012.02）

四格之逸品·观柯礼木刻展

顾彬翻新诗,
柯礼木刻配。
译诗重性情,
插图显神韵。
雕版系古法,
不泥亦不执。
巧手非写真,
只为传精神。
实处必有法,
虚处神自生。
虚实在胸中,
妙境自然成。
老友新朋至,
相聚共一堂。
艺非道不生,
还在人自悟。

注:昨日应 Alexandra Grimmer 博士的邀请,参加了奥地利版画家、出版人柯礼(Christian Thanhäuser)的版画展,以及顾彬翻译的王家新、北岛、欧阳江河的诗集手印本的展示。Thanhäuser 出版社每年会出版一至两本手工印刷书(50—150 册)。最近出版的是王家新的 *Dämmerung auf Gotland*。画展上,诗人和版画家分别用中文和德文朗诵了几首诗,很有味道。

(2011.05)

旧友重逢

故人忽以至，
感叹思旧时。
当年波恩别，
新从万里归。
且寻旧同窗，
散居在各地。
自此心已悟，
随处武陵溪。

注：格勒（Gerel）昨日从德克萨斯回呼和浩特，途经北京，来北外见我，可谓旧友重逢。

（2012.03）

傍晚海迪曼家小聚

好友李夏德，
今晨到北京。
相聚名都园，
雨后草木青。
主人海迪曼，
健谈复真诚。
愿辅两词客，
中华识丹青。
夫君自英伦，

美肴亲手烹。
开罗新德里,
鸾凤常和鸣。
在座刀文克,
震旦来传经。
兴建文化处,
中丹常为邻。
吾愿助诸君,
心想事皆成。
中欧常来往,
世间有谊情。

注：昨晚奥地利使馆文化参赞海迪曼（Gudrun Hardiman-Pollross）邀请李夏德（Richard Trappl，1951— ）和丹麦文化中心的刀文克（Eric Messerschmidt）一起在她在名都园的家中小聚。海迪曼希望能在中国出版格鲁伯（Sabine Gruber，1963— ）和罗塞（Peter Rosei，1946— ）两位当代奥地利文学家的作品，我答应组织他们两个人的小说翻译。

（2012.07）

碎片与杂感

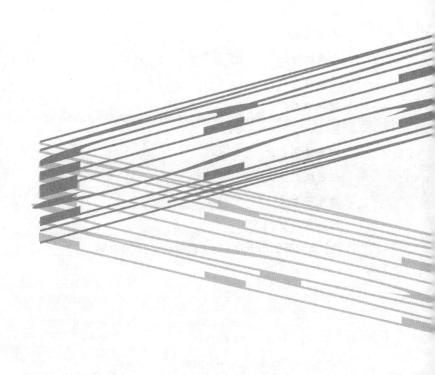

化生·辛卯年清明节有感

一
芙蓉鲜艳,
不禁霜寒。
俯仰之间,
早已黯然。

二
人生天地,
白驹过隙。
勇猛精进,
夜寐以思。

三
寂寞清明日,
忆逝默无声。
浩气还太虚,
魂魄常入梦。

注:清明节忆几年前先后去世的姑父、祖母有感。

(2011.04)

读史感世

无根人世陌上尘,
飞鸿雪泥影难留。
功名富贵无常事,
古今醉梦几时休。
(2011.04)

夜读有感

脑裂知忙犹未晚,
人生岂向故纸钻?
名山事业东流水,
闲听清泉暇观澜。
注:"脑裂始知忙"系汾阳无德禅师善昭(947—1024)语。
(2011.04)

归国七年有感

孤身漂流近八载,
往昔求师如方才。
铁鞋踏破终回归,
故园却似异乡来。
(2011.04)

碎片与杂感

处事集句

处世若大梦,
胡为劳其生?
达人识元气,
变愁为高歌。

注:前两句出自李白《春日醉起言志》,后两句出自孟郊《达士》。

(2011.04)

游苏州抒怀

无需跋涉千重山,
燕京姑苏一线牵。
十五年后故地游,
吴越今作他者观。
树色雨后绿欲滴,
自惭辜负大自然。
愿于平江结茅住,
闹市之中学坐禅。

(2011.05)

追忆苏州之行

三月江南吐芬芳,
忙里偷闲姑苏会。
错把东吴认故园,
携得他乡明月归。
(2011.05)

云龙湖西堤游览

一

碧波荡漾云龙湖,
水天一色九龙展。
余今消受湖山色,
喧嚣城中偶得闲。

二

碧波数倾映眼帘,
明月半弦无需买。
吾今归来观春色,
云龙湖景令人爱。

三

潋滟云龙水一方,
繁华闹市各自忙。
何处风云九里山?
五蕴聚散最无常。
(2011.05)

专精

技无大小,
贵在能精。
君子于学,
博外精内。
脍不厌细,
食不厌精。
学问之道,
亦贵专一。
书富入海,
百货皆有。
不有所舍,
必无所成。
切己名物,
锱铢不遗。
如不关己,
泰山不顾。
(2011.05)

居京有感

钢筋水泥间,
画地自为牢。
何日逃离去,

免为圣人嘲。
他日归山林,
尘世仪轨抛。
武陵溪边住,
柴门有僧敲。

注:贾岛有诗句曰:"鸟宿池边树,僧敲月下门。"(《题李凝幽居》)

(2012.02)

昨日在操场跑步,忽觉刮起西南风,预示着春天将至

春风豁眼界,
碧空净心尘。
读书寻圣道,
世间学做人。

(2012.02)

有感于"我"与"故乡"

世间本无东西方,
亦无他乡与故乡。
镜中吾像因他在,
身在我中两茫茫。

(2012.02)

昨日午登京西中央电视塔

一

登塔望京城,

八方皆远眺。

高楼毗相连,

参差映山遥。

湖水静如画,

世事黯然消。

明清胜义处,

何寻廿四桥。

注:杜牧《寄扬州韩绰判官》中有:"二十四桥明月夜,玉人何处教吹箫"之句。

二

百丈塔身处,

饮酒品佳肴。

荡胸生层云,

决眦观鸢鸟。

杨柳渐绿色,

滋物天地交。

何日随春去,

缤纷武陵桃。

注:杜甫《望岳》中有"荡胸生曾云,决眦入归鸟"之句。据陶渊明《桃花源记》记载,武陵溪西边桃花盛开,落英缤纷。

(2012.03)

追忆登中央电视塔旋转餐厅

身在半空中,
坐看云起处。
厅转心不动,
天上得真如。

(2012.04)

咏春

春归在何处?
杨柳醉云烟。
煦风拂面来,
放眼望纸鸢。

(2012.03)

晨起即兴

青阳三月杨树绿,
柳青桃红乐隐居。
般若花开千世界,
何日亦随春归去。

(2012.03)

办公室漫兴

长居在校内,
三环毗书楼。
车噪园逾静,
人沸心更幽。

注:办公室在东院一号楼六层,毗邻三环路。因有一面窗子临街,异常吵闹。梁·王籍有句曰:"蝉噪林逾静,鸟鸣山更幽。"

(2012.04)

乙未初雪后

今年四月搬入西院新办公室,晴日可远眺西山。

京城雨雪后,
天色转清阴。
西山澄雾色,
冽风演圆音。
淡泊识理趣,
醍醐灌慈因。
超然物象外,
如是本来心。

(2015.11)

见性

雨后放晴,朦胧中可以看到高楼后面的西山。

久违白云流水绿,
时雨更显秋意浓。
天间雯华碧空净,
树下枫叶别样红。
浮名荣华一场梦,
是非成败转头空。
应笑吾今心飘逸,
意如闲云何遽匆。
(2015.11)

望西山晚景

傍晚在雾霾笼罩下的办公室看到如血的夕阳及影绰中的西山。

一

日暮天微阴,
闲酒养疏慵。
夕阳如神斧,
画出西山红。

二

放眼窗外雾茫茫,
今秋平添鬓边霜。
最爱西山晴雨后,
抱炉饮茗读老庄。

三

藉此皮囊驻人间,
冷风雾霾伴枯禅。
何日寻得菩提路,
故纸驴年已忘言。

注:《五灯会元》卷四载本师(指古灵神赞)有一日在窗下看经,蜂子投窗纸求出。师睹之曰:"世界如许广阔不肯出,钻他故纸驴年去。"遂有偈曰:"空门不肯出,投窗也大痴。百年钻故纸,何日出头时。"

(2015.11)

办公室

一

妙观大千界,
独抚吾一心。

(2016.07)

二

楼接霄汉外,
室隐书卷中。

隔窗西山望,
相语茶正浓。
(2016.10)

三

清秋止观静,
逍遥听落霞。
室中忘日月,
独饮赵州茶。
(2016.10)

四

心净寒室自生凉,
日落西山赏残阳。
西洋曲中参禅悦,
柴门亦有书卷香。
(2016.08)

五

读书且至放下舍,
煮茗更须南部壶。
陋室一角藏世界,
菩提尘埃本皆无。

注:办公室搬到西院国际大厦六层以后,天气好时可以一览西山的景色:白天坐看云起处,傍晚静观清风明月。顾彬教授很多有意思的散文都是在这里写就的。腊碧士教授说,这间办公室让他感到无比惬意。我将办公室命名为"放下精舍"。2016年5月我在关西空港购得一把南部铁器制作的铸铁茶壶。这是一把黑色的扁壶,上面有蜻蜓的图案,典雅凝重。日本人的某些物件,很是脱俗。

六

放下精舍似僧庵,
余暇隔窗观西山。
沧海万象不遗芥,
关河旧学向谁谈。
芳草无人树自绿,
禅关不锁酒正酣。
一曲阳春知寡和,
惟留风月在窗间。
(2016.10)

修习位

一

读书译书两鬓斑,
常留身影在窗间。
渊智达洞多勤苦,
抬头偷闲看西山。
(2016.08)

二

西山远望叠翠微,
铁窗开处隔红尘。
境随书卷穿云过,
静里乾坤远俗心。
(2016.09)

一心三智

晚秋萧条岁将冱，
赵州苦茗听阳关。
一夜狂飙裹雪霜，
纷纷落叶不忍看。
注：唐王维诗句："西出阳关无故人"，后人用此，有阳关三叠曲。
(2015.11)

庸碌

一

钢筋水泥是我家，
闭门独自问心斋。
扪胸妄缘犹未了，
欲向定中求生涯。
(2012.04)

二

嚣尘清凉一墙隔，
车马不闻堪称奇。
自惭未了平生愿，
钢筋水泥亦山居。

三

怅然天涯归客泪，
堪嗟卅载为学忙。
光阴荏苒衰双鬓，
别饮佳酿留齿香。
（2015.11）

春日偶得

楼前玉兰忽生花，
粉黛装点嫩枝芽。
一年之计常于春，
何日闲饮赵州茶。
（2012.04）

京郊居一晚偶成

平日为书累，
绿水脱尘俗。
禅心自清净，
隐者乐水居。
裁云补吾裾，
池中观游鱼。
人闲园中步，
如鱼卷还舒。
（2012.04）

深度

改鸿山寺曹雪芹联：

阅世休嫌眼孔小，看尽古今尽荒唐。

注：厦门鸿山寺有联曰："阅世休嫌眼孔小，容人须放肚皮宽。"曹雪芹《题红楼梦》（甲戌本）有诗句曰："悲喜千般同幻梦，古今一梦尽荒唐。"在德国的时候，他们常常跟中国人开玩笑说，中国人是Schlitzauge（眯缝眼）。大部分人并没有恶意，我每次回答都说，我们更容易聚光，看得更清楚、深邃。

（2012.05）

京西小住一晚有感

城中世事忙，
闲暇至西山。
地僻离喧闹，
柳岸赛桃源。
小憩得禅境，

杨柳听鸣蝉。

幽竹欲滴翠,

湖山入眼帘。

又四句

西山凤凰岭,

湖光碧连天。

稻香好去处,

静中好坐禅。

又一联

地僻云闲山色青,

夜深人静蛙声喧。

(2012.06)

京城暴雨后拾得四句

半日暴雨居家中,

闲来翻书真从容。

今晨晴空观去燕,

一蓑烟雨晚钓翁。

(2012.07)

游秦岭终南山

寻幽云水间,

山路伴清泉。

松林山色远，
石涧苍苔寒。
蝉鸣万籁寂，
阒然生止观。
秦岭泉石好，
淹此杨柳烟。
(2015.11)

秋色

乍闻秋色到帝京，
空行万里相观览。
丹枫翠柏亦法相，
似读佛书几万言。
(2015.11)

拂尘看净

11月22日北京大雪，余自上海返京，在路上滞留八小时之久。
北风吹朔雪，
千里回燕山。
沪京两旁秀，
苍茫岁暮寒。

路长闲客坐，

天远生烟鬟。

但令狂心止，

菩提在窗间。

(2015.11)

雾霾日偶得

一

缸小可得月，

心高自生云。

歆美周仆射，

最爱鲍参军。

注：晋朝周顗（269—322）嗜酒，为仆射后，因酒误事被免职，号称三日仆射。南朝诗人鲍照（415—466）曾做参军，诗情俊逸。

二

纷繁浊世尘虑间，

沧桑世事向谁言。

归国十载反成客，

窗外冰霜心更寒。

三

懒去翻旧籍，

闲来理新书。

自愿成独觉，

隐者乐山居。

四

万木气萧森,
夜阑独对窗。
岁寒暮雪至,
愁入东流江。
禅心本无住,
世态自炎凉。
一杯常在手,
心安即吾乡。

五

茫茫雾霾久藏身,
常慕涧壑与林泉。
池面文章风写出,
心头意味发毫端。
悟转法华定三昧,
动观流水静看山。
谁解佛祖西来意,
此间欲辨已忘言。

注:陶渊明《饮酒》其五有:"此中有真意,欲辨已忘言"之句。

(2015.11)

初夏于终南山凤凰岭下访古观音禅寺

一

终南山下古禅寺,

茂林修竹赛祇园。

离尘参禅银杏下,

园中桃李本无言。

二

古寺犹存贞观气,

银杏尚显千斤霆。

提起放下真丈夫,

云在青山水在瓶。

三

欲知戒定慧根,寺后唐朝银杏在。

若识放下原本,堂前今日浮萍多。

注:2016年5月我与顾彬、腊碧士教授在史凯的带领下,一同在终南山下参观了一处始建于贞观年间的古观音禅寺,其背靠终南凤凰山,让人流连忘返。寺后有一棵银杏树,据说也是贞观年间种植的,至今依然枝繁叶茂。寺内大雄宝殿的一幅对联为:放下时何物是我,担取去那个为谁。这是通过参话头去除我执的方法,这个"放下"让我马上想到了海德格尔的"Gelassenheit"。殿前有一个铜缸,里面飘满了绿油油的浮萍。

(2016.07)

色空

升塔顶观听柏林喧嚣,
居达冷深晓人世静谧。
——在柏林西南的 Dahlem（达冷）区居二周,附近到处是绿色,异常安静悠闲。M48 路公交车可以直接到市中心的 Alexander Platz（亚历山大广场）,热闹非凡。那边的中心建筑是东德时期留下来的电视塔。
(2016.08)

柏林两周居有感

一

蓝天湛无比,
白云独自闲。
身为宦游人,
梦回杨柳烟。

二

达冷在郊外,
孤游爱独行。

昼看云起处，

池映一天星。

夜来常见月，

拂晓闻鸟鸣。

柏林两周居，

悠然适余情。

注：达冷(Dahlem)系柏林西南的一个区，也是柏林自由大学(Freie Universität Berlin，FU Berlin)的所在地。

(2016.08)

游达冷植物园

次八指头陀"显宗居士竹蒲山房小住"韵

园林尽绿色，

小径罕人至。

寂寂一鸟鸣，

苍苍万木重。

寒泉流山涧，

落日透疏松。

爱此草木静，

惟闻教堂声。

注："达冷"(Dahlem)系柏林西部的一个区名，有一处幽静的"植物园和植物博物馆"(Botanischer Garten und Botanisches Museum)，系德国最大的植物园。

(2016.08)

热河记游

一

燕山绿绕城,
承德如丹青。
烟波致爽处,
血色写成屏。
须弥听梵呗,
普宁闻香馨。
热河烟景好,
足慰宦游情。

二

铄石流金杨柳倦,
莲香沁脾即心闲。
月色江声烟雨客,
一丝清凉在热泉。

注:"月色江声"在避暑山庄水心榭之北,临湖三间的门殿有康熙所题的匾额。"烟雨楼"在山庄如意洲之北的清莲岛上,仿浙江嘉兴南湖烟雨楼而来,乾隆御书"烟雨楼"。"热河泉"夏季清澈晶莹,冷砭肌骨。

三

万顷烟波松云壑,
风光迤逦胜江南。
一片湖山深邃处,
疑为祇树菩提苑。

(2016.08)

远行地

开学初与诸友人及弟子饮,醺。回办公室饮茶后,感而有作。

世路不知何处尽,
禅心应自此中生。
身虽在家心已净,
窗外香山写为屏。
醇醪万盏留醉客,
明前一杯伴闲僧。
无事芸窗时晏坐,
浑望苍穹一天星。

注:冯延登(号横溪翁,1175—1233)有句曰:"芸窗尽日无人到,坐看玄云吐翠微","芸窗"是横溪翁的书房。香山系西山,自金代以来,那里建有无数的寺院,如大永安寺、香山寺、宗镜大昭之庙、洪光寺等等,亦有著名的香炉峰。因此香山之"香"是烧香之香。

(2016.09)

中秋感怀

月将尘世界,
一洗遍寰瀛。
万里同皎洁,
今夜万景清。
赏月人间意,
翛然物外情。
惆怅古今事,
饮茶读契经。

(2016.09)

哈勒感怀

踏遍莱茵翠万重,
吾今哈勒寻古刹。
兴来墓园瞻先贤,
闲立斜阳数暮鸦。
萨河此去数百里,
气冲霄汉入无涯。
他日相期帝京聚,
共啜卢仝七碗茶。

注:Halle an der Saale,即萨勒河畔哈勒。中唐诗人卢仝《走笔谢孟谏议寄新茶》云,连喝孟谏议所赠的新茶六碗,到了第七碗"唯觉两腋习习清风生"。

(2016.09)

哈勒城市墓地寻先贤

浮生如行旅,
萨河湍且深。
松楸访先贤,
悠然远俗心。
独洒思古泪,
子期少知音。
凄清见落叶,
塔林知古今。

注：李远《过旧游见双鹤怆然有怀》有"谢公何岁掩松楸"句。

(2016.09)

秋日莱顿

一

散人心爱静,
秋日游莱顿。
纵横运河边,
红叶落纷纷。
闲听鸟声啼,
静观鱼影身。
行脚永无倦,
枫岸使人醺。

二

落叶知秋至,
闲适有馀情。
河畔常孤影,
看街爱独行。
树下安禅好,
世间棒喝醒。
惆怅今归去,
水中漂青萍。

(2016.11)

霾中元旦

元日欲何适,
天地白茫茫。
斗室香茗暖,
灯下读老庄。
风度看晋宋,
诗才数隋唐。
沧桑已看惯,
早识浮名妄。

(2017.01)

人名索引

1. 本人名索引所收录的人名仅包括历史人物和作品中的人物,如《五灯会元》中的"古灵神赞"不在其中。
2. 中文人名按照姓氏的拼音首字为序;有中文名的西方人,按照中文名首字为序;西文人名按照中文音译姓氏首字拼音为序。个别的中文译名,由于约定俗成,会列在固定下来的中文译名的姓氏下,如"列奥纳多·达·芬奇"列在"达"下。

A

阿多诺(Theodor Adorno, 1903—1969)　19

保罗·安德鲁(Paul Andreu, 1938—　)　15

安世高(公元2世纪著名的译经僧,生卒年不详)　146

奥克施坦因(Rudolf Augstein, 1923—2002)　33

B

八指头陀 → 敬安　2,1,2,22,7,12,35,36,40,41,44,47,57,59,65,69,84,105,113,114,120,148,158,160,174,202

巴赫(Johann Sebastian Bach, 1685—1750)　15

白居易(772—846)　58

拜伦(George Gordon Byron, 1788—1824)　9

鲍照(415—466)　198

北岛(1949—　)　175

贝多芬(Ludwig van Beethoven, 1770—1827)　13

毕来德(Jean François Billeter, 1939—　)　171,172

伯牙(前 413—前 354) 23,96,125

布德(Elmar Budde,1935—) 44

C

曹操(155—220) 5

曹雪芹(约 1715—约 1763) 195

策兰(Paul Celan,1920—1970) 3,4,33

陈子昂(659—700) 15

D

列奥纳多·达·芬奇(Leonardo da Vinci,1452—1519) 11

达摩 → 菩提达摩 50,146

戴逵(326—396) 64

但丁(Dante Alighieri,1265—1321) 9

道生(355—434) 138,140,141

德里达(Jacques Derrida,1930—2004) 33

德山宣鉴(782—865) 160

笛卡尔(René Descartes,1596—1650) 66

丁韪良(W. A. Parsons Martin,1827—1916) 11

董强(1967—) 15

杜甫(712—770) 10,186

杜牧(803—约 852) 186

F

法眼文益(885—958) 126

方文(1612—1669) 6

冯延登(1175—1233) 204

佛图澄(234—348) 144,145

福兰阁(Otto Franke,1863—1946) 21

伏尔泰(Voltaire,1694—1778) 98

傅熊(Bernhard Führer,1960—) 14

G

歌德(Johann Wolfgang von Goethe,1749—1832) 2,5,22,17

格鲁伯(Sabine Gruber,1963—) 177

龚贤(1618—1689) 6

龚自珍(1792—1841) 6,10

顾彬(Wolfgang Kubin,1945—) 1,2,16,17,23,84-89,175,191,200

郭沫若(1892—1978) 23

H

赫尔曼·海德格尔(Hermann Heidegger,1920—) 37,38

马丁·海德格尔(Martin Heidegger,1889—1976) 3-7,11,13-16,18,28-39,44-46,48-55,57-60,62-69,71,73-75,78,80,81,147,200

海涅(Heinrich Heine,1797—1856) 9

海森伯格(Werner Karl Heisenberg,1901—1976) 33

何乏笔(Fabian Heubel,1967—) 168,169

荷尔德林(Friedrich Hölderlin,1770—1843) 18

贺拉斯(Quintus Horatius Flaccus,前65—前8) 98

黑格尔(G.W.F. Hegel,1770—1831) 22,69,70

横溪翁 → 冯延登 204

胡居仁(1434—1484) 100

黄遵宪(1848—1905) 11

霍克海姆(M. Max Horkheimer,1895—1973) 2,3

J

吉藏(549—623) 53

寄禅 → 敬安 2,1,84

纪昀(1724—1805) 10

伽达默尔(Hans-Georg Gadamer,1900—2002) 4,33

贾岛(779—843) 17,185

江盈科(1553—1605) 111

敬安(八指头陀,字寄禅,1851—1912) 1,2,84

鸠摩罗什(Kumārajīva,344—413) 20,140,141

嵇康(约223—约263) 121

K

康德(Immanuel Kant,1724—1804) 70,98

科尔(Helmut Kohl,1930—2017) 18

柯礼(Christian Thanhäuser,1956—) 175

克罗齐(Benedetto Croce,1877—1952) 100

空海(774—835) 21

L

腊碧士(Alfons Labisch,1946—) 167,168,191,200

李白(701—762) 18,73,89,182

李凯尔特(Heinrich Rickert,1863—1936) 70

李夏德(Richard Trappl,1951—) 176,177

李远(9世纪中叶文人,生卒年不详) 206

里特尔(Gerhard Ritter,1888—1967) 33

刘长卿(约726—约786)

刘禹锡(772—842) 113

卢仝(唐代诗人,795—835) 205

鲁迅(1881—1936) 23

陆放翁(陆游,1125—1210) 2

陆游 → 陆放翁 11

罗塞(Peter Rosei,1946—) 177

罗哲海(Heiner Roetz,1950—) 100

M

梅尧臣(1002—1060) 18

梦东禅师(1741—1811) 12,31

孟浩然(689—740) 73

孟郊(751—814) 182

米亚尼斯科夫(В. С. Мясников,1931—) 167

N

内田庆市(1951—) 166

聂黎曦(Michael Nerlich,1949—) 13

O

欧阳江河(1956—) 175

欧阳修(1007—1072) 15,107

P

布利斯·佩里(Bliss Perry,1860—1954) 8

浦上玉堂(1745—1820) 62

菩提达摩(Bodhidharma,?—536) 50,146

Q

乾隆(1711—1799) 203

青原行思(671—740) 5

屈原(前 340/339—前 278) 6,93

权德舆(759—818) 35

R

荣格尔(Ernst Jünger,1895—1998) 33

S

僧肇(384—414) 143

善昭(947—1024) 181

沈德潜(1673—1769) 19

沈国威(1954—) 85

施密特(Helmut Schmidt,1918—2015) 18

石勒(274—333) 145

舒曼(Robert Schumann,1810—1856) 13

顺治爱新觉罗·福临(1638—1661) 80

司马迁(前145—?) 93

司马晞(316—381) 64

苏曼殊(1884—1918) 9,99

苏轼(1037—1101) 9,20,72

孙肇圻(1881—1953) 40

T

唐庚(1070—1120) 19

唐子西 → 唐庚 19

唐寅(1470—1524) 99

陶渊明(352/365—427) 2,3,6,19,63,104,116,158,159,168,186,199

W

汪民安(1969—) 4,5

王安石(1021—1086) 12,161

王恭(1343—?) 2

王籍(502—557) 188

王家新(1957—) 175

王维(699/701—761) 6,193

韦应物(737—792) 89

魏源(1794—1857) 162

文德尔班(Wilhelm Windelband,1848—1915) 70

闻一多(1899—1946) 7,8

沃尔夫(Erik Wolf,1902—1977) 33

吴敬梓(1701—1754) 95

吴均(469—520) 35

吴伟业(1609—1672) 113

无德禅师 → 善昭 181

X

谢林(Friedrich Wilhelm Schelling,1775—1854) 69,70

席勒(Friedrich Schiller,1759—1805) 17,69,70

许浑(约 791—约 858) 10,160

薛文清(1389—1464) 14

荀子(前 313—前 238) 100

Y

雅斯贝尔斯(Karl Jaspers,1883—1969) 4,13,32,39,53,66,73,147

严复(1854—1921) 8,9

严羽(主要生活于宋理宗赵昀在位期间,1225—1264) 19

杨成斋 →杨万里 10

杨万里(1127—1206)　10

仰山慧寂(815—891)　115

遗山先生　→　元好问　7

元好问(1190—1257)　7

袁枚(1716—1798)　3,10,18

Z

赞宁(919—1001)　20

张枣(1962—2010)　3,17

张潮(1650—?)　5,6,11

支遁(314—366)　23

支娄迦谶(2世纪下半叶著名译经僧,生卒年不详)　145

支谦(3世纪中叶著名译经僧,生卒年不详)　142

周顗(269—322)　198

诸葛亮(181—234)　6,113

图书在版编目（CIP）数据

东西合集/李雪涛著. —上海：华东师范大学出版社，2019
ISBN 978-7-5675-9039-7

Ⅰ.①东… Ⅱ.①李… Ⅲ.①诗集-中国-当代 Ⅳ.①I227

中国版本图书馆 CIP 数据核字(2019)第 173276 号

东西合集

著　　者	李雪涛
策划编辑	王　焰
项目编辑	朱华华
特约审读	韩　蓉
责任校对	张　筝
装帧设计	崔　楚
出版发行	华东师范大学出版社
社　　址	上海市中山北路 3663 号　邮编 200062
网　　址	www.ecnupress.com.cn
电　　话	021-60821666　行政传真 021-62572105
客服电话	021-62865537　门市(邮购)电话 021-62869887
地　　址	上海市中山北路 3663 号华东师范大学校内先锋路口
网　　店	http://hdsdcbs.tmall.com/
印 刷 者	上海盛隆印务有限公司
开　　本	890×1240　32 开
印　　张	8
字　　数	153 千字
版　　次	2019 年 9 月第 1 版
印　　次	2019 年 9 月第 1 次
书　　号	ISBN 978-7-5675-9039-7
定　　价	48.00 元
出版人	王　焰

(如发现本版图书有印订质量问题,请寄回本社客服中心调换或电话 021-62865537 联系)